꿈

꿈

부유하는 꽃봉오리 부영

김소희 장편소설

토담미디어

contents

prologue

서로를 부르는 반가운 소리 그리고 몸짓들….

부영과 제석을 제외한 여름의 제주국제공항은 설렘으로 들떠 있다.

"…미안해요…. 제발, 보내만 줘요!"

사정없이 떨리던 입술은 겨우 몇 마디만 뱉고, 다시 정적이 되었다. 시커먼 거석같이 부영 앞을 버티기만 하던 제석은 초 단위로 더 강해지던 불길에 벌겋게 불타오르는 돌덩이가 되더니 드디어, 꿈질거렸다.

아무리 생각해도 알 수 없는 그녀의 마음, 얼도 당치도 않는 자신의 지금 상황에 제석은 분노로 주먹과 어금니에 힘을 넣었다. 단단한 가슴마저 뒤틀리던 제석은 그곳의 유일한 정적을 짓누르기 시작했다.

'그렇게 싫었어? 왜 싫었어? 아무 문제도 없었잖아!' 생각이 여기까지 이르자 제석의 울분은 한층 더 치솟았다.

"여태 왜 나랑 산 거야? 도대체 왜!"

이해할 수 없음에 더 치솟는 불길은 부영의 침묵을 무참하게 누르고 또 눌렀다, 하지만 그럴수록 부영의 침묵은 공항 바닥을 뚫고 한없이 떨어질 뿐이었다.

숨 막히는 그들의 시간은 기어이 주변에까지 전해졌고 시선과 수군거림이 잦아졌다. 그리고 부영의 한숨 뒤로 이어진 가라앉은 외침이 있었다. 아마 그때의 순간이 조금만 늦었다면 제석의 폭발이 공항을 뒤흔들 뻔했을 것이다.

"그만… 할래요."

마지막 혼신의 눈망울이 제석에 가 꽂혔다. 그리고 이어지던 놀라움. 겹겹이 이어지던 흥분이 멈췄고 산산이 부서지는 소리가 들렸다. 정적을 잡고 있던 끝이 자신일 거라는 그의 믿음이 깨어졌다.

7월의 서쪽을 향하던 비행기가 굉음을 울리고 있었다!

#01

시간 옴니버스(omnibus)

서머타임(summer time)

　길기만 하고 쨍하지도 않은 밝음의 끝자락, 매달린 어둠은 연하기만 했다.

　밴쿠버의 일상은 단조로웠다. 아이들은 하교 후 씨워크와 수영장에서 남은 열기를 다 쏟아 붓고 일찌감치 곯아 떨어졌다. 언제나처럼 맨 마룻바닥에 등을 대고 누운 부영은 구부린 다리로 바닥을 굳건히 디디고 늘어지게 자유로운 팔로 바닥을 짚었다.

　'아, 살겠다!' 등줄기를 타고 기분 좋은 냉기가 올라왔다. 보지도 않는 텔레비전을 켜놓고, 라디오까지 더해 온 집안을 소음으로 꽉 채우던 습관 대신 시원한 고요함은 등짝으로 쌓인 냉기가 짜릿한 전율이 되어 온몸을 타고 돌았다. 덜 어두운 자정의 하늘을 채운 신비로운 별들은 노곤

한 부영에게 꿈이 되어가고 있었다.

준수와 준서의 조기유학, 그건 다시없을 기회였다.

받은 재산 없이 월급쟁이로 제주에서 10년 만에 집을 장만한다는 건 흔한 일이 아니다. 하지만 그걸 남편 재석과 부영은 해내었다. 영업소 소장으로 밤낮없이 일했던 재석과 속옷 하나 사 입지 못하고 결혼 때 친정어머니가 사 준 속옷으로 10년을 버틴 부영이었다.

여름 싸구려 노지 수박 말고는 과일은 제사 때나 먹는 거로 알고 살았고 아이들도 과자는 한 개만 사는 걸로 알게 했다. 무작정 아끼기만 하는 걸로 남편에게 힘을 실었던 부영은 첫 집을 꿈꾸고 분양을 신청하고 기도했었다.

공사가 진행되는 아파트를 남몰래 찾아가 공사가 진행되는 장면에 감동하고 왔다. 떨리는 간절함과 기도로 그렇게 집을 장만하긴 했지만 계속 소시민이었던 부영은 아이들을 영어 유치원은커녕 영어 학원에도 보내지 못했다.

저렴한 영어 학원 정도는 보낼 수는 있는 상황이 되기는 했지만, 그간 무작정 아끼기만 하던 습관은 쉽사리 바뀌지 않아서 그러긴 했지만 그게 다는 아니었다. 대출을 받아서

까지 굳이 집을 사야만 했냐던 제석은 이자를 낼 때마다 집안을 시끄럽게 했고 그런 상황에 부영은 영어 학원조차 엄두가 나지 않았다.

하지만 월급쟁이에서 사업가로 변신한 제석은 돈벌이가 늘었고 살림살이는 나아지기 시작했다. 하지만 그래도 겨우 사는 것 같이 사는 정도여서 비싼 밴쿠버로 아이들을 조기유학 보낼 형편은 아니었다.

밴쿠버의 웨스트 밴쿠버에 아이를 둘이나 데리고 간다는 소문은 주변의 부러움과 걱정을 들어야 했다. 속사정을 모르는 그들은 젊은 부부가 따로 떨어지면 남편이 바람이 난다는 소리와 아이들 유학 데리고 가서 바람난 여자들이 많다는 등 별소리를 앞에서도 뒤에서도 마구 하고 있었다.

뒤늦게 사치 부린다며 부영을 남편 등골 빼 먹는 죄인 취급하기도 했지만, 떠나갈 수 있다는 것만으로도 살 것 같았다. 얼마나 아이들과 함께 떠나기를 기도했던가! 밴쿠버는 새벽을 알리는 여명이 보이기도 전에 가던 시간들이 쌓여 이룬 기적이었다.

웨스트 밴쿠버의 작은 마을에서 가장 오래된 아파트 가

장 작은 방. 이곳이 부영에게는 천국이었다. 어둠이 밝은 것도 마음에 들었고 여름이라 시간을 일찍 돌리는 서머타임인 것도 좋았다.

준수와 준서가 잠든 틈을 타 밖으로 나와 돌아다니던 마을이 좋았다. 밴쿠버에서도 가장 안전하다는 여기는 술주정뱅이도 부랑자도 보이지 않아 너무 좋았다.

언제는 초콜릿 과자를 편의점에서 산 초콜릿 과자를 들고 하늘을 보았다. 그리고 이상한 것을 보았다. 처음 보는 아름다움이었다. '오로란가? 설마 말로만 듣던 그걸 내 눈으로 본다고!' 다시 봐도 오로라가 분명했다. 진하지는 않았지만 흐릿한 그건 분명 오로라였다!

그리고 하얀 새를 보았다. 펠리컨처럼 보이는 새였다. 그게 여기 있을 리는 만무했다. 믿을 수 없음에 눈을 비비고 다시 보았다. 길고 뾰족한 입을 가진 큰 하얀 새는 저 멀리 날아갔다. 오로라는 사라졌다.

돌아온 부영은 마룻바닥에 다시 등을 대었다. 여전히 시원했다. 입에 초코바를 넣었다. 달콤쌉쌀하고 바삭거렸다. 미제라며 부르던 그 초코바였다. 어릴 적 미국에 살던 삼촌이 보내왔던 그 맛이었다.

첫봄

"고민만 하지 말고 한번 가봐. 가보면 알겠지! 소질이 있는지….."

찬서는 페인트칠을 끝내며 던지듯 말을 뱉었다.

부영은 뜻밖에 동창 찬서를 만났다. 그녀는 부영의 앞집으로 이사를 오자마자 집을 꾸미겠다고 했다. 스스럼없이 페인트를 칠했고 이곳저곳을 꾸몄다.

찬서의 요란한 움직임은 부영을 결혼 전 친정 일을 돕던 과거를 기억하게 했다. 페인트칠을 돕던 중, 옷 장사를 하던 친정 가게 일을 도우며 의류 사업의 꿈을 꾸었다는 이야기를 시작했다.

고민 말고 이야기해 보라는 찬서의 말은 부영의 마음에 물수제비를 일으켰다. 답 대신 지난 시간을 빠르게 돌린 부영은 결혼하고 아이들을 키우며 아등대는 동안 잊고 있었던 시간을 하나하나 소환해 갔다.

　서울을 꿈꾸던 소원과는 달리 운명은 서울이 아닌 제주로 그녀를 움직였다. 어쨌든 부산은 벗어날 수 있었으니, 그것만으로도 된 것이라 위안하려 했지만, 현실은 그렇지 않았다. 아는 사람 없는 바다 건너 그곳이 어떤 삶을 주는지, 섣부른 선택은 만용이란걸 알게 되었다.
　제석도 출산도 독박육아도 힘들었지만, 부산과는 너무 다른 바람 흙 그리고 소금 쩐내 나는 파도가 부영의 몸을 더 힘들게 했다. 말도 풍습도 다른 곳의 이주민이 되어버린 자신의 처지가 자각되면서 힘들었다.
　시댁 말고는 자신의 괸당(제주에서 일가친척 등을 지칭하는 말)도 자신을 알던 누구도 없는 제주는 난간에 까치발을 딛고 선 매 순간이었다.
　형편이 좋지 못한 시어머니는 제주시에서 뚝 떨어진 시골에서 고사리를 끊느라 바빴고 시아버지는 은퇴한 목수였지만 동네를 떠나는 법이 없었다. 친정 부모님은 기울어 가는 옷 장사에 매달리느라 부산을 비울 수 있는 상황이 아니었다, 제석은 일하고 술 마시기 바빴고 틈틈이 아이들 보다 자신을 더 봐달라는 억지를 부렸다. 들어주지 않으면 자기 자식도 던질 기세였다. 아이 하나를 온 마을이 키운 다는 옛말을 부영은 혼자 다 감당했었다.

소금기에 절여지고 고단함에 지쳐갔던 부영의 제주와는 다른 여기 낯선 땅에는 제석이 없었다. 강한 소금기도 휘 몰아치는 파도도 없었다. 다행이었다.

빤히 쳐다보는 찬서의 눈과 마주치자, 부영의 시간은 지 금으로 돌아왔다. 큰 머그컵을 받아들며 자신들의 수고를 돌아보았다. 미소가 절로 지어졌다.

오래되어 칙칙하던 아파트는 화사하게 변신한 방 2개와 바다를 품은 지중해풍 거실과 베란다로 변신해 있었다. 테 라스로 나가 바람을 맞았다. 단숨에 마신 커피가 바닥을 드러낼 즈음 목소리를 듣기 전까진 모든 게 완벽했다.

"대충 사는 건 별로라…."

인테리어 잡지에 나오는 집에서 살았다는 그녀는 오래 된 아파트 투룸에 이사 온 것이 불만이었다. 무역업을 하 는 남편은 돈이 많다고 했다. 중매로 만났지만 결혼하기

16

싫어 떨어져 나가라며 자신의 과거를 고백했지만 자기 의사와는 상관없는 결혼을 했고 도리어 그때의 고백은 평생의 흠이 되었다고 했다.

자신을 홀대하는 꼬투리가 되어 남편은 무슨 짓이든 마음대로 하더니 이혼 대신 이곳으로 보냈고 아이의 성적과 생활비가 비례하는 삶을 통보받았다고 했다.

"난 잘 모르지만, 위층 소영 언니라면 도움이 될 것 같아. 내일 같이 가보자."

부영은 뭐라도 도움이 되고 싶었다. 학교에서 돌을 던진 문제로 준서가 상담실로 호출 받았을 때 유창한 영어로 도움을 준 소영 언니가 떠올랐다. 부탁하기 전까지는 인사만 나누던 사이였지만 준서 문제를 스스로 해결할 수 없었던 부영 입장에서는 엄마라는 이름의 기적이었다.

그렇게 왕래가 시작되며 소영 언니 아이들은 초등학교 저학년 시절부터 외국 유학 생활을 했고 성적이 우수한데다 곧 미국 유수 대학에 진학을 앞두고 있다고 사실까지 알게 되었었다. 부영에게 소영 언니는 자기 상처를 돌보느라 아이들에게 신경을 못 쓴 자신을 되돌아보게 하는 고마운 언니였다. 부영은 소영 언니에게 갔다.

"아니, 이게 누구야? 부영 씨가 우리 집에 온 건 첨이지 싶다. 그치?"

활달한 언니의 옥타브 높은 목소리가 복도를 울렸다.

"안녕하세요? 초대해주셔서 감사해요. 윤찬서에요."

언니의 반가움이 끝나기도 전에 앞으로 나온 찬서는 선물을 내밀었다. 한국에서 가져온 라면과 군것질거리였다.

"오~ 친구? 반가워요. 안으로 들어와요."

쭈뼛거리는 부영의 손을 잡아끌며 먼저 안으로 들어갔다. 찬서는 소영 언니와 안면을 트면서 아파트의 다른 가족들과도 교류를 트기 시작했고 얼마 후 부영보다도 아는 엄마들이 많아졌다.

부영은 함께 커피 마실 친구가 있어 좋았고 아이들을 데리고 체육관에 함께 갈 찬서가 있어 좋았다. 항상 혼자였던 시간에 온기가 돌았다.

바뀌어 갔다. 아이들의 튜터를 알아보고 아이들을 위한 여러 정보도 공유하기 시작했다. 이곳에 살고 마음이 생겨났고 영어를 해야겠다는 생각도 하게 되었다. 무료 수업을 알아보았다.

단풍이 오기 전에 연둣빛 새잎이 돋아나고 있었다.

조금 늦은 봄

'심장이 터질 것 같아. 도대체 이건….'

미친 듯이 달렸다. 부영의 심장은 밖으로 튀어 나간 지 오랜 듯했다! 라이언스게이트 브릿지(Lion Gate Bridge)가 보였다. 기세로는 그깟 다리쯤은 가뿐히 건널 것 같았다! 하지만 웬일인지 급정거하듯 버스 정류장 앞에 멈춰 섰다.

턱밑까지 차는 숨이 힘들지 않았고 이미 터져버린 심장에 몸은 도리어 가뿐했다. 땅을 딛고 섰음에도 나는 듯했고 어디서 태어났는지도 모를 번개에 이미 눈과 귀는 멀었지만, 걱정까지 없애버리지는 못했다.

시도 때도 없이 번쩍하는 번개와 우르릉 쾅쾅 천둥이 내리쳤다. 천둥의 고향 제주도 아닌 여기에서 혈관 구석구석까지 짜릿하게 감전시키고도 죽지 않는 이건 도대체 뭔 번개일까? 어딘가에 숨어 있던 한라산이 굉음을 울리며 폭발한 것일까?' 부영은 혼란스러웠다. 그럼에도 분명했다.

몸은 겨우 멈추기는 했지만, 영혼은 이미 한달음에 라이언스게이트 브릿지(Lion Gate Bridge)를 지나 메모리얼 파크(Memorial Park) 넘어 달리고 있었다. 사랑하는 준수와 준서가 잠들어 있을 집이 아닌 곳으로 서로를 의지하며 자고 있을 아이들을 꼭 안아주는 것보다 더 품에 꼬옥 안고 싶은 게 생겨버린 거다!

죽을힘을 다해 살 떨림을 쥐어 잡자, 이제는 깊은 저 속에서 차오르는 다른 기운이 느껴졌다! 미친 듯 소리가 지르고 싶어졌다.

영어가 낯설지 않았다면, 아이들 유학을 빙자해서 도망 온 엄마가 아니었다면, 아이들을 두고 몰래 외출한 엄마가 아니라면, 추방당할지도 모른다는 두려움에 떨지 않아도 되는 처지라면, 밤거리를 뛰어다니며 고함치다 경찰에게 연행될지라도 다시 제주로 돌아가지 않아도 된다면! 참을 수 없는 걱정은 공포가 되고 거침없던 부영의 발걸음과

소리를 기어이 멈춰냈다. 대신 눈이 뒤집혔다. 멈춘 부영의 머리 위 정수리가 뚫렸고 저 하늘 높이 높이 뚜껑을 던져버렸다.

버스가 왔다. 집에 도착했고 아이들은 부영을 감싸 안았다. 그리고 딱 10초, 아이들은 각자의 시간으로 가버렸다. 다행이라 여겼다. 앞으로 있을 시간이 안심되었다. 아이들은 잠이 들었고 부영은 다시 고요한 행복을 느꼈다. 버스 타기 전의 감동의 근원을 찾았고 번개가 주던 사인이 뭔지 곰곰이 생각했다. 꿈이었다. 꿈이 생긴 거였다! 너무 늦어 저 깊숙한 밑에 잠들어 있던 그게 폭발한 거였다.

막연한 생각과 동경이 구체적인 사실이 되어 자신을 감싸버렸다는 걸 부영은 인정할 수밖에 없었다. 생애 첫날이 생긴 거였다. 꿈과의 1일이 시작되었다.

아주 늦은 봄

웨밴(웨스트 밴쿠버)으로 온 뒤 부영은 한인들이 보는 벼룩시장 뒤지는 게 일상이었다. 이민 가방 2개를 꽉꽉 채웠지만 이곳에서 생활할 짐을 다 담기에는 턱없이 부족했다. 부족한 살림살이는 곧 한계에 다다랐다. 새것을 턱턱 살 수 있는 형편이 아니었던 부영은 벼룩시장에 오른 그릇이며 살림살이와 가구들을 찾아다녔다.

냄비 밥으로 버티던 그녀는 한인 마트에서 하는 밥솥 할인에 고민과 고민을 거듭하다 떨리는 손으로 지르기도 했지만, 곧 스카이 트레인과 버스를 번갈아 타며 기어이 환불을 하고 무료 나눔 밥솥으로 대체하기도 했다. 살림은 그렇게 저렇게 구색을 갖춰가고 있었다.

UBC(브리티시컬럼비아대학교) 근처에 사는 한인 가정에서 책상과 스탠드 등 살림살이 이것저것을 싼 가격에 팔고 배달도 해준다는 광고에 겁 없이 움직인 적도 있었다. 한 시간이 넘는 시간 동안 버스와 스카이 트레인(Sky Train, 밴쿠버 전철) 그리고 또 버스를 갈아탔다. 처음 가보는 그곳은 멀었고 낯설었다.

"여보세요, 전화 드리고 왔는데요. 어디로 가면 될까요?"

부영의 말을 이어 전화기 너머에서 반가운 한국말이 들렸다. 영어가 아니라는 것만으로도 위안이 되었다.

"네, 내려갈게요. 잠깐만 계세요."

친절한 여자의 목소리에 부영은 또다시 안도감을 느꼈다. 그제야 사는 곳과는 다른 밴쿠버가 눈으로 들어왔다. 브리티시컬럼비아주의 공립대학과 공존하는 일종의 대학 마을이었다. 엄청난 크기의 캠퍼스로 인해 어디가 마을이고 학교 캠퍼스인지 구별이 되지 않았다. 부영은 오는 동안 버스 창밖으로 보였던 중국 상점과 동양인들을 기억해 냈다.

부영은 물건을 내어놓은 가족의 집으로 들어갔고 내놓은 물건들을 확인했다. 길고 좁은 사이즈의 테이블은 책상으로 사용할 수 있을 만큼의 높이를 가진 밝은 우드톤의 원목 테이블이었다. 적당한 두께감은 안정감을 주었다. 마음에 들었다. 그 외에도 팔려고 물건과 무료 나눔하는 물건들 모두 부영의 마음에 들었다. 이거면 더는 벼룩시장을 뒤지고 다니지 않아도 될 것 같아 더 좋았다.

배달해 주겠다는 말 때문에 오긴 했지만, 너무 싼 가격에 내어놓은 짐을 배달까지 해달라는 말이 입 밖에 나오지 않았다. 염치가 나지 않았다.

하지만 친절한 가족의 안주인은 그런 부영의 마음을 아는지 다과를 내어놓으며 먼저 말을 꺼내었다.

"차에다 싣는 동안 들고 계세요."

남편에게 짐을 실으라는 사인을 보내고 부영의 손을 잡아끌었다. 얼떨결의 식탁에 앉아 안주인이 건네주는 케이크를 입에 넣자, 긴장했던 어깨가 툭 하고 내려앉았다. 한국 이야기 밴쿠버 생활을 나누는 사이 그들은 아는 사람이 되어갔다.

가족의 바깥양반이 모는 차를 뒷좌석에 짐과 함께 앉은 부영은 조수석에 그들의 아이들과 앉은 안주인의 세심한 배려가 편안했다. 그렇게 멀었던 길이 가까웠고 금세 책상과 각종 짐이 부영의 집안을 채웠다.

그들을 그냥 보낼 수 없었던 부영은 그들이 짐을 옮기고 자리를 잡아주는 사이 급히 오븐에 립을 넣고 한인 마트에서 사 다 놓은 냉면을 끓였다.

서둘러 차린 음식은 그럴듯했다. 준수 준서도 또래인 그들의 아이들과 재밌게 어울렸다. 이국땅에서 한국 음식을 대접받은 가족은 마음을 더 열었고 자기들 이야기를 했다. 안주인의 오빠가 목사님이라는 이야기를 했고 준수 준서와 놀러 오라는 초대도 했다. UBC에 있는 교회였고 너무 멀었지만 고마움에 응하겠다 약속했다.

한참 행복했다. 충분해진 그릇에 커피 메이커도 생겼다. 메이커와 함께 받은 원두로 커피를 내렸다. 집안 곳곳이 커피 향으로 가득 찼다. 향기만으로도 기분이 좋아졌다. 밥보다 좋아하는 커피를 집에서 직접 내려 마실 수 있다는 행복은 심상치 않았다. 뭐라도 해낼 수 있는 힘을 솟구치게 해주고 있었다.

하지만 가장 마음에 드는 건 따로 있었다. 어느새 해가 대충 떨어지고 노을이 펼쳐졌다. 흐릿한 광택의 알루미늄 새시와 창에도 노을이 번져갔다. 친절한 가족들과 이른 저녁을 먹은 아이들은 즐거운 고단함에 일찍 잠자리에 들었고 자유의 시간도 일찍 왔다. 막 뽑은 커피를 한가득 따른 부영은 테이블로 가 앉았다.

창가의 노을이 짙어지고 있었다. 자리를 잡은 테이블에는 함께 산 스탠드가 놓여있었고 높이가 맞아 세트처럼 놓여있던 의자로 간 부영은 그곳에 앉았다. 갓 뽑은 커피를 새로 생긴 하얀 머그컵에 가득 담아 책상이 올리고 테이블에 놓고 스탠드 불을 켰다. 절로 환호가 나왔다.

부영만의 공간이 처음 태어나고 있었다.

새로운 7월

일상은 흐른다. 평범함은 소리 소문 없이 사라지고, 다시 오고를 반복했다. 학년이 바뀐 아이들 밴쿠버 4계절의 정체를 알게 되었다. 깊지 않은 여름의 어둠, 그림 같은 단풍, 생애 첫 눈썰매, 보드라운 봄의 새 이불! 이 모든 게 다시 반복되기를 기대하는 새 여름은 묵은 여름과 달랐다.

'오늘까지 그려야 하는데! 고대 그리스 의상, 모티브로 한 것까지는 잘 했는데…. 하늘하늘한 선을 어떻게 살리니. 휴.'
시작한 패션 일러스트를 내일까지 완성해야 한다는 생각에 자신을 다그치는 혼잣말이 늘어가는 부영이었다. 이게 끝은 아니었지만, 완성해야 다음을 이어갈 수 있었다.

준수 준서와 함께하는 1.5룸 허름한 아파트에서 부영은 새로운 삶을 일구고 있었다.

여름 백야의 어둠은 짧고 약했다! 짙은 커피와 열어놓은 알루미늄 새시로 들어오는 바람에 부영의 무거워졌던 눈꺼풀이 다시 가벼워졌다. 오늘도 밤을 새워야 하는 부영은 커피가 바닥을 드러날 때쯤 거실문은 닫았다. 밴쿠버의 새벽 여름은 선선했다.

부영은 다시 책상으로 갔다. 종이와 색연필 그리고 두꺼운 책과 복사한 자료들과 함께 턱없이 폭 좁은 책상에서 환한 아침을 맞았다.

거실과 부엌의 노란 등이 다 켜진 거실에 부영 혼자였다. 아이들은 아직 일어나지 않았지만, 조명과 아침이 만난 따뜻한 여름 아침에 노란 낭만이 가득했다.

이른 아침, 이곳 급식에 저응 못 하는 아들들의 점심 도시락으로 수제 버거를 만들었다. 사둔 과일 주스와 미니 과자로 간식을 챙기고서야 아이들을 깨웠다. 부영은 아침을 먹이고 스쿨버스까지 태우는 동안 부드러운 미소를 잃지 않았다.

"잘 다녀와. 사랑해!"

다시 혼자가 된 부영은 한숨도 못 잔 어지러움에 거실을 채운 주황색 패브릭 소파에 털썩 몸을 누였다.

첫 여름의 끝자락 단돈 30달러에 주운, 거실 한 면을 온전히 채운 주황색 트위드(tweed) 패브릭 소파는 일러스트 작업을 시작하면서 밤잠이 사라진 그녀에게 안식을 주었다.

모든 걸 다 감싸줄 것 같은 살집 좋은 바디감이 딱 마음에 들었다. 바닷가에서 사용했던 터라 눕고 나면 바닥에 모래를 뿌렸다. 품고 있던 예전의 모래가 밖으로 내려앉는 거였고 그것도 좋았다. 소파가 있는 자리를 바닷가 휴양지로 착각할 수 있게 해주었다.

모레가 되면 다시 일요일이다. 아이들과 교회를 가는 날이다. 책상이 들어온 그날이 지나고 첫 일요일부터 부영은 아이들과 약속을 시작했다. 하지만 너무 먼 그 길에 아이들은 멀미로 힘들어 했다. 부영도 힘들었지만 그래도 약속이었고 이번 주로 채워지는 '한 달은 꼭 다녀보겠다.'는 결심은 지켜진다. 어떻게 말을 꺼내야 할지 예산이 서지 않지만, 왕복 3시간이 넘는 거리라 멀어서 더는 못 다닌다고 할 작정이었다.

평화로운 토요일이 지나고 일요일이 되었다. 아침부터 서둘렀다.

"엄마 안 갈래. 버스 힘들어! 배 아프단 말이야."

갈 때마다 토기를 보이던 준서가 드디어 투정을 부렸다, 참다 참다 하는 말일 거다.

"그래, 오늘까지만 가자."

부영의 말에 어린 나이에도 묵직한 장남 준수의 눈이 반짝였다.

알아먹어지는 한국말과 익숙한 한국 사람이 주는 편안함은 힐링이었다. 익숙하다는 게 이렇게 좋은지 새삼 깨달아졌다. 준수와 준서도 좋아했다. 단지 버스와 스카이 트레인을 왕복 6번씩 바꿔 타야 하는 오고 가는 길이 너무 험난하고 길다는 게 문제였다.

욕심에 아이들을 밴쿠버까지 끌고 와 고생시키는 건 아닌지 하는 죄책감이 이곳에서는 가벼워졌다. 그 맛에 한 달을 꿋꿋이 다녔지만, 그것도 오늘이면 끝이다.

여지없이 토기를 참지 못한 준서를 달래며 교회에 도착

한 부영은 예배 후 목사님께 말씀을 드렸고 헤어져야 하
는 교우들과 아쉬움을 나눴다.

오늘은 바로 집에 가지 않았다. 그간 고생이 많았던 아
이들을 위한 시간을 갖기로 했다. 어차피 다운타운에서 다
시 버스를 타야 하기도 했지만, 시내 구경을 시켜주고 싶
었다.

여러 상점을 둘러봤고 근처 한인 마트에서 아이들이 좋
아하는 먹을거리와 장난감도 샀다. 마침 재석이 생활비를
보낸 날이기도 했다. 힘들다 하면서도 그래도 꼬박꼬박 생
활비를 보내주는 제석이 오늘따라 고마웠다.

해가 지고 시내는 불빛으로 화려했다. 아이들은 더 신이
났고 부영도 행복했다.

돌아온 금요일, 뭘 할지 계획이 많아졌다. 주말에 아이들
과 짐(체육관)을 갈지, 아니면 그전처럼 시내 나들이를 갈
지 편안한 고민에 빠진 시각 전화가 걸려 왔고 놀라운 소
식을 들었다. 이번 주부터 부영이 사는 동네 로컬 교회에
서 주일 예배를 본다는 거였다. 격주로 말이다. 그리고 더
놀라운 건 격주로 주일 예배를 하는 곳에서 새벽기도도

시작한다는 거였다. 놀라 말이 나오지 않았다. 목사님은 하나님이 그렇게 하게 했다고만 할 뿐이었다.

의구심 가득한 토욜이 지나고 완전히 의심을 거두지 못한 부영은 아이들의 손을 잡고 교회로 향했다. 걸어서도 갈 수 있는 거리였다. 산책할 만한 거리였다.

교회에 다가가자, 함께 봉고차를 타고 왔다는 교우들이 있었다. 같은 아파트에 사는 학부형과 아이들도 보였다. 교회를 다닌다고 했던 혜림이네와 유빈이네였다. 준수와 준서는 너무 좋아했고 부영도 밴쿠버에 온 것이 축복처럼 느껴졌다.

#02

폭발의 실체

아이들을 학교에 보낸 후 찬서와 하는 커피 한잔은 일상이 되었다. 주로 가는 로컬 커피 전문점에서 커피와 도넛을 먹는 시간은 잔잔한 행복이었다.

찬서는 당혹스러운 말을 내뱉는 게 몸이 밴 습관 같았다.

"그거 알아? 난, 네가 거진 줄 알았어!"

찬서의 돌발 발언에 익숙해신 부영이었다.

"…그랬구나!"

찬서도 무심한 부영이 익숙했다.

"다른 엄마들이 그러던데, 네가 웃는 것 보고 깜짝 놀랐다고…. 네가 웃는 것도 모르는 줄 알았다지 뭐야. 도대체 넌 내가 오기 전에 웃지도 않고 어떻게 산 거였어? 나 때문에 완전히 바뀐 거라고 야단들이던데, 도대체 뭔 재주를 피웠냐고."

평소 같았으면 네 말이 맞는다든지 찬서를 치켜 세워주다 다른 수다로 커피잔과 도넛 접시가 비워질 때까지 뭉개고 있었을 거였지만 그러다 옷 가게를 기웃거리고 그릇 가게에서 새로 들어온 접시를 들었다 놨다 하다 가장 가까운 슈퍼에서 가벼운 간식을 사고 스쿨버스 아이들을 안았을 거였지만 오늘의 부영은 달랐다.

"그만 가자. 오늘은 볼일이 있어서…."

평소보다 상기된 부영은 결심한 듯 일어섰다.

"어디? 거기? 진짜 가는 거야? 대단하다! 그래 잘 갔다 와봐."

찬서 미소에 비웃음이 흘렀다. 유독 좋은 날이었다!

집은 이미 깨끗이 치워졌다. 간식과 저녁은 식탁에 가득했다. 제주라면 형이 초등학교 5학년이고 혼자가 아닌 형제가 집에 자기들끼리만 있다고 해서 문제가 되지 않지만, 이곳은 달랐다. 베이비시터 없이 조기유학 온 아이를 두고 외출했다가 실제로 추방된 엄마가 있었다는 소문이 심심찮게 돌고 있었다.

"엄마 나가면 밖에 나가지 말고 벨 소리도 대답하지 말아야 해. 알겠지! 간식이랑 저녁은 식탁에 있으니까 먹고, 미안해! 동생 부탁해. 응!"

준수에게 당부하고 또 당부하고서야 현관문을 닫을 수 있었다. 억지로 발걸음을 떼고 정류장에 도착하자 바로 버스가 왔다. 평일 이른 오후라 빈자리가 있었다. 하차 문 가까운 곳에 자리를 잡았다.

두어 정거장을 지나자, 버스에서 가끔 만나는 얼굴이 보였다. '언제 봐도 잘생겼어! 아폴론이 살아 있다면 저 얼굴이겠지?' 곱슬곱슬한 금발에 하얀 얼굴은 그리스 벽화에나 나올 법한 얼굴이었다. '그래도 이곳이니까 저런 얼굴도 보고….' 연예인을 보는 소녀팬의 마음이 이해되었다.

"가보면 알겠지!"

5월이 시작될 무렵 찬서가 던진 무심한 그 말 한마디에 부영은 이 말에 홀린 듯 신문을 뒤졌었다. 한인 신문에 뜬 광고, '패션 디자인 학원 수강생 모집 유학 입시 반, 일반인 반 수시모집' 떨리는 손은 전화번호를 돌렸고 너머로 들리는 목소리.

"네, 샤인 클라스입니다."

부영은 약속을 잡았다. 그날이 오늘이다. 부영은 아침부터 설레고 무서웠다. 부끄럽고 또 설레었다.

제주에서 신혼을 시작한 부영은 결혼하고 첫 초여름 물난리를 겪었다. 한밤중 화장실을 가려 일어났던 부영은 잠결에 안방에 깔아놓은 화문석이 둥둥 떠다니는 걸 봐야 했고 침대 바로 밑에까지 물이 찰랑이는 걸 꿈이 아니라는 걸 알아채야만 했다.

전날 퇴근할 때 타고 왔던 회사 차는 침수되었고 집은 물바다가 되었었다. 겨우 정신 차려 결혼 패물만 챙겨 피신했던 그날 이후 제석은 완전히 다른 사람이 되었다. 과묵했지만 자상했던 그가 아닌 술주정에 화를 참지 못하는 제석이었다.

결혼하자마자 바로 임신한 부영이 비릿한 제주 김치가 역해져 친정 김치를 먹고 싶다고 전화하자 시댁 김치 먹어야 한다던 친정어머니는 그리고 얼마 후 바리바리 이고 지고 부영에게 왔다.

그러나 늦은 밤, 술에 취해 현관 유리문을 깨부수는 사

위와 안절부절못하며 눈치 보던 딸을 보고는 주저앉으셨고 날이 밝자마자 바로 공항으로 가버린 후 오랫동안 연락이 없었다.

부영은 정말 혼자가 되었다는 걸 실감했다. 그날 누워서 본 천정에 제주가 보였다. 육지와 분리된 덩그런 섬 하나가 있었다. '내가 뭔 죄를 지어, 이러고 있나? 뭘 잘못한 걸까? 이 죄를 다 사하면 귀양에서 벗어날 수 있을까?' 이후 부영은 친정어머니에게 어떤 부탁도 하지 않았다. 그때 말고는….

스탠리 파크가 보였다. 전화로 상세하게 위치를 설명해준 선생님 덕분에 길치인 부영은 그럭저럭 학원을 찾을 수 있었다. 벅스가 보였다. '다 왔다.' 벅스의 초록색 마크가 부영에게 손짓했지만, 지금은 키피가 중요하지 않았다.

불투명 창이 끼워진 나무문을 두드렸다.

"들어오세요."

전화기에서 들리던 목소리가 문 저편에서 들렸다. 안도감이 들었다. 화이트톤으로 정돈된 여러 개의 넓은 탁자가 보였고 반기는 선생님이 보였다.

"샤인 클라스 원장 샤인이에요. 샤인이라 부르세요. 상담받고 싶다고요? 여기 앉으세요. 커피 드시겠어요?"

친절한 접대였다.

"아, 아니오. 괜찮습니다."

사양에 더는 권하지 않았다. 상담이 시작되었다.

"그래요. 구체적으로 무엇을 하고 싶은지 물어봐도 될까요?"

검은색 실크 같은 긴 머리를 단정하게 묶은 선생님은 검은색 니트와 같은 색 바지를 입고 있었다. 유명 패션스쿨에 입학하려는 입시생의 포트폴리오를 만드는 학원이었고 샤인 클라스라는 이름으로 불리고 있었다.

소수정예제인데다 워낙 고가인 패션전문 입시학원이라 오고 싶다고 편하게 올 수 없는 곳은 아니었다. 부영에게 상담의 기회가 주어진 것 또한 마침 한 자리가 비어져서였다.

"그림을 그려보고 싶었어요…. 결혼 전 패션과 관계된 일을 해 보고 싶다는 생각도 했고요. 하지만 제가 소질이 있는지는 모르겠고…. 패션학원을 다닌 적은 없어요. 으음…."

우물쭈물하던 부영은 말을 이어가면서 조금씩 핵심을 찾아가기 시작했다.

"여기 온, 가장 중요한 목적은 제 소질을 판단 받고 싶어서입니다. 으음, 그림에 대한 막연한 미련도 패션에 대한 욕심을 더는 그냥 마음에 담아두고 싶지는 않아서요. 한 번 해보고 아니다 싶으면 아예 다 접어버리려고요."

계속 입술을 깨물고 안절부절못하며 계속 말이 길어지는 부영을 막았다. 수업 전에 잠시 시간을 낸 샤인 클라스의 원장 샤인은 종이와 연필을 부영에게 내밀었다.

"선 한 번 그어 보실래요?"

'선을 그으라고?' 그녀의 제안은 부영에게 예상치 못한 반응이었다.

"선? 어떤 선요?"

또 다시 우물쭈물하는 부영과는 달리 샤인은 단호했다.

"종이에 자유롭게 그으세요."

질문하기를 접었지만, 머릿속이 복잡해진 부영은 종이를 가만히 내려다보다 연필을 집어 들었다. 선을 그었다. 가로 직선을. 긴장했지만 최대한 집중한 상태로 천천히 선을 그어갔다. 그리고 부영은 놀라운 경험을 하고 말았다!

아무 이유 없이 선을 그은 적도 처음이었지만 선이 그어
지는 순간 고요함이 느껴졌다. 처음이었다. 샤인의 목소리
는 첫 고요를 날아오르게 했다. 소리는 고요를 깨는 게 상
식이었지만 이번 고요는 그런 평범한 게 아니었다. 소리에
날아올랐고 저 하늘 멀리 부영을 당겨 올렸다.

"그 정도면 됐어요."

부영의 선을 본 샤인은 선 긋기를 중단시켰다.

나체의 여자가 포즈를 잡고 서 있는 그림 여러 장을 가
지고 왔다.

"이것 그려봐요."

그중 하나를 내밀었다. 이제 부영은 아무런 질문도 하지
않았다. 그냥 그릴뿐이었다. '이건 뭐지? 무중력 상태에 들
어간 듯한 이 느낌은 도저히… 뭐야? 머리통이 펑 하고 열
리는 기분, 이 또한 처음이었다.

#03

다른 아줌마

묘한 기분으로 선을 긋고 신비한 번개를 맞고 눈이 돌아라이온 브릿지까지 달린 다음 날부터 바로 수업을 시작했고 그날이 오늘이다.

티 쪼가리를 걸친 허술한 아줌마 부영의 등장에 이미 와 있던 화려한 치장의 아이들이 술렁거렸다. 샤인은 갈팡질팡하는 부영에게 하얀색 작업대 한곳을 가리켰다.

"여기에 앉으세요."

샤인이 사무실에서 나오자, 아이들은 조용해졌다. 사자의 등장과도 같았다. 부영에게 다가가 상담 때 보여 준 나체 그림 중 그리지 않은 그림 하나를 내밀었다.

"똑같이 그려봐요."

그 말만 하고 샤인은 아이들에게 개인 수업을 짧게 진행

하더니 다시 사무실로 들어가 버렸다.

"저 아줌마 뭐야?"

"글쎄 말이야. 체!"

"구려….."

아이들의 구시렁거리는 소리가 대놓고 웅성거렸으나 잠시 후 다시 사무실에서 나온 샤인의 눈빛에 다시 조용해졌지만 파슨스(Parsons School df Design), FIT(Fashion Institute of Technology), UAL(Central Saint Martins), 벨기에 전통 있는 왕립예술대학인 앤트워프(Royal Academy of Fine Arts Antwerp) 등의 유명 패션스쿨 입학을 위한 포트폴리오 수업을 받는 아이들이었다.

명품으로 치장한 자기들과는 너무 급이 달라 보이는 부영과 같은 수업을 받는다는 게 싫었지만, 샤인 때문에 대놓고 뭐라고 하지는 못했다, 표정까지 참을 수 없었던 아이들의 눈꼬리는 치켜 오르고 입은 댓발 나오고 있다.

"저, 다 그렸어요. 이렇게 하면 되나요?"

부영이 그림을 들고 사무실을 찾았다. 그림을 본 샤인은 다음 지시를 내렸다.

"저기 뒤쪽으로 가면 잡지들이 여러 권 있을 거예요. 그

중 마음에 드는 컷을 찾아 그리고 색칠까지 하세요."

클라스에 다닌 지 3주가 넘었다. 수업은 매주 두 번 진행되었고 부영의 실력은 티가 나게 늘었다. 부영을 못마땅하게 여기던 아이들의 반응도 놀랄 만큼 달라졌다. 무시는 질투로 바뀌었고 부영이 그림을 그릴 때 힐끗거리는 경우도 생겼다.

집에 있는 아이들 걱정보다 수업 생각이 더 많아진 부영은 수시로 문방구와 원단 시장을 돌았고 영감을 얻기 위해 밴쿠버 도서관 가는 게 일상이 되었다.

컬러티를 올리기 위해서는 히스토리가 필요했고 역사적 의류와 역사성을 파악해야만 하는 경우가 늘어가면서 시간은 초 단위로 잘리고 있다. 상황이 이렇게 되자 준수와 준서의 주말도 도서관으로 고정되어 갔다.

더위가 막 들어오는 6월의 밤은 투명한 먹색으로 아름답게 빛나기 시작했다. 번개 맞은 5월 그날부터 잠들지 못한 밤이 이어졌고 그만큼 무리가 쌓여갔다. 샤인 클라스 근처 벅스는 부영의 카페인 충전소가 되었고 향을 즐기던 커피는 검정색 각성 음료가 되고 말았다.

오늘도 그런데 사이즈 커피를 들고 학원으로 들어선 부영은 샤인의 호출을 받았다. 사무실도 막 내려진 커피 향이 돌았다. 머그잔에 가득 담은 커피를 한 모금 마신 샤인은 평소와 달랐다.

"난… 음악을 하고 싶었어요."

샤인이 자기 이야기하는 걸 본 적이 없던 부영은 순간 당황했다. 하지만 너무 진지한 그녀의 표정에 뭐라 말을 할 수도 없었다. 말을 이어간 건 다시 그녀였다.

"플루트를 불 때면 감동이 내 속에 가득 차며 너무 행복했죠 하지만 안타깝게도 그게 끝이었어요. 주어진 게 딱 그만큼이었던 거죠…. 그래서 난 어쩔 수 없이 플루트를 취미로 하기로 했고 지금도 항상 옆에 두고 있어요. 아이가 태어나면 나는 꼭 플루트를 시키고 싶어요 내 아기는 나와는 달리 플루트가 달란트이길 바래요."

임신한 티가 나기 시작한 자신의 배를 만지며 과거의 회상을 마무리했다. 업무적인 말만 하던 그녀의 낯섦에 부영은 눈만 끔벅였다. 다시 말을 이어간 이는 또 샤인이었다.

"무슨 말인가 싶죠?"

꿈에서 돌아온 그녀는 다시 본래의 표정으로 돌아가고 있었다. 드디어 부영의 입도 터졌다.

"네에, 뭔지는 모르겠지만 말씀만 해주시면 열심히 하겠습니다."

　다짜고짜 열심히 하겠다는 부영을 보는 그녀는 순진한 열정으로 가득 찬 어린 신입생 같은 부영의 모습에 웃음을 터트렸다. 커피 향을 뚫은 웃음소리는 창밖으로 날아갔다. 다운타운의 네온사인이 하나둘 켜지고 있었다. 저녁 수업 시간이 다가오고 있다.

"형편은 모르겠지만 유학 준비를 해보는 건 어때요?"

　환하게 웃던 샤인은 번개 같은 말을 불쑥 꺼냈다. 얼어붙은 정적이 살얼음 깨어지듯 부영의 입이 바스락거렸다.

"네?"

"네! 유학, 갔으면 해요!"

　샤인의 돌발은 부영의 머리통이 미사일처럼 날아가게 하고 말았다. 이 기세라면 온몸이 로켓처럼 날아서 아파트 옥상에 꽂힐 것만 같았다!

　샤인의 말은 환각 가스가 되어 부영을 꿈속에 빠트리고 말았다.

#04

무지개

유학의 꿈

'유학?' 내가 패션 유학?' 옷 장사하던 부모님 밑에서 태어난 부영에게 뒹굴던 패션 잡지와 그림 도안은 장난감이었다. 아주 어릴 때부터 그림 그리기와 공상이 취미였던 부영에게 그리기와 공상의 중심은 패션이 되어갔다.

그렇게 옷에 진심이 들고 패션에 익숙해졌지만, 그림을 습관처럼 그리던 부영도 패션디자이너가 된다는 생각은 한 번도 한 적이 없었다. 단지 부모님을 이어 옷 장사는 해볼까 하는 생각은 해 본 적이 있었다.

서서히 스며드는 통에 옷이 자신에게 어떤 의미인지 모르고 살았던 시간이 샤인의 유학 권유에 요동치고 있던 거였다.

"네, 나를 믿고, 한번 도전해 보는 건 어때요? 나도 이런 말을 하기까지 많이 망설이고 고민했어요. 하지만, 부영 씨 재능이 너무 아까워서 그래요."

샤인의 색다른 열정에 요동치는 마음은 청문에 비친 자신의 지금 몰골과 뒤섞이며 현실과 절망이 꿈을 뒤틀었다. 부영은 아무 말도 할 수가 없었다.

"아, 네 너무 뜻밖이라…. 죄송합니다. 생각 좀 해 보고요. 하지만 너무 감사드려요. 감사합니다."

단지 인사치레만 할 뿐이었다.

"그래요, 신중하게 생각하고 답해요. 뉴욕 패션스쿨 입시 때 추천서를 써 줄게요. 이번에 도전할 생각이 서면 다음 주까지는 답을 줘야 해요."

부영에게는 첫 선을 그은 날, 번개 맞은 일 만큼이나 충격이었지만 아이들을 생각하면 더는 무리라는 생각이 들었다. 이만큼 한 것도 아이들을 희생시킨 욕심이라는 생각이 들던 차였다 더구나 제석과 약속한 1년이라는 시간이 다 끝나가고 있었다. 여기까지 온 것도 기적인데 더 나갈 수 있을까 하는 두려움이 몰려왔다.

하지만 꿈도 끝이 나지 않았다. 끝은커녕 도리어 더 힘차게 날아오르고 있었다. 샤인이 그러했듯이 혹시 누군가가 손을 내밀지도 모른다는 몽상의 기대까지 소망하는 부영이 되고 있었다. 환상을 믿고 싶어졌다.

아이들이 잠든 밤 부영은 집을 나왔다. 집 바로 밑으로 이어진 씨워크를 걸었다. 별빛만이 가득했다. 조용히 철썩이는 파도 소리가 막막했다. 동네 도서관과 건너편 공원 입구까지 간 부영은 공원 안으로 들어가려다 두려움이었다. 가고 싶은 마음보다 더 큰 두려움은 발이 더는 나아가지 못하게 했다. 서성이던 부영은 결국 집을 향했고 그 뒤로는 별빛이 쏟아졌다.

스카이 트레인

다운타운의 쇼핑몰 가는 길, 스카이 트레인 창밖 풍경이
이젠 낯설지 않았다. 익숙해졌고 친근했다. 과제를 그릴
종이를 사기 위해 나선 오늘은 어제보다 좀 더 이곳 주민
이 된 듯했다. 함께한 준수와 준서도 편안해 보였다.

"엄마, 기분 좋아?"

자상한 준수는 부영의 표정을 살폈다.

"그래 보여? 맛있는 것 먹을 생각에 기분이 좋아졌나 보
다. 오늘은 갈비탕 먹을까?"

오늘은 종이를 사고 아이들 물건까지 산 후 한식당에서
아이들이 좋아하는 갈비탕을 먹을 요량이었다. 사내아이
둘을 데리고 쇼핑센터를 돈다는 건 그리 쉬운 일이 아니
었지만 이렇게라도 하지 않으면 아이들에게 너무 미안했

다. 쇼핑을 끝내고 3층 스낵바에서 한숨을 쉬었다.

"엄마 나, 저거 먹어도 돼?"

간절한 눈빛의 준수 손이 가리킨 건 핫도그였다. 유명한 로컬 핫도그였다. 아들이 저깟 핫도그마저 엄마 눈치를 보게 만든 자신이 창피했다. 아이들과 로키라도 다녀오려 생활비까지 아껴 모아둔 돈을 패션 공부에 다 털어 넣은 엄마라는 자책감이 들었다. 샤인에게 유학 이야기를 들은 후부터 부영의 꿈은 끝없이 높아져 갔고 그러면 그럴수록 자책감도 깊어져 가고 있었다.

"왜? 먹고 싶어?"

동생의 손을 꼭 잡고 대답 대신 고개만 끄덕이는 준수가 애틋했다. 준서는 엄마의 답을 듣기도 전에 스낵바 반대편에 있는 장난감 가게로 달려가려 했다. 하지만 준수가 동생을 잡았다. 순간이었지만 이 모든 게 부영에게는 슬로우 비디오를 보듯 선했다. 준수는 눈치를 보며 동생을 잡은 손에 힘을 주었다.

"아파!"

형에게 잡힌 손이 아팠던 준서는 결국 울기 시작했고 부영은 정신을 차리려 고개를 흔들었다.

"동생 손 꼭 잡고 장난감 가게 가볼까? 장난감 사고 핫도그 먹고 갈비탕 먹으러 가자. 어때?"

부영의 말이 끝나기 무섭게 울던 준서는 환호했고 준수의 어린 눈은 걱정스러워졌다.

샤인이 유학을 권한 그날 밤 부영은 제석에게 문자를 보내 자기 뜻을 알렸다. 심장이 너무 날뛰어 말하지 않을 수 없었지만, 전화를 끊고는 바로 후회했다. 어쩌면 부영은 그럴 거라는 걸 알고 전화한 것일 거다. 포기를 할까, 봐 두려움에 다 접고 지금에 안주할까 두려워 서둘러 전화해 아예 쐐기를 박고 싶었다.

하지만 역시나 역시였다. 고함부터 지르고 말도 안 되는 소리라며 바로 끊어버렸다. 심장이 콩당콩당 뛰기 시작했다. 숨을 쉴 수가 없었다.

늦은 시간이었지만 바로 앞집인 찬서 집 문 앞에서 전화를 걸었다. 문이 열렸다. 찬서도 혼자만 깨어 있었다.

"너, 정말!"

인상을 잔뜩 쓴 채 숨죽인 욕을 눈으로 했다. 하긴 그럴

만도 할 시간이었다. 그래도 찬서의 원초적인 반응에 부영은 숨이 쉬어졌다.

"미안해. 커피 한 잔 할 수 있을까?"

찬서는 어처구니없다는 표정을 지으면서도 안으로 들어오라고 했다. 아이들이 잠든 집에 아늑한 거실 등만이 켜져 있었다. 바닷가로 향한 테라스에 간 둘은 막 내린 커피를 나눴다. 오늘도 별빛이 가득한 밤이었다.

오늘 있었던 일들을 이야기하며 부영은 울컥울컥 눈물이 돌았다.

"알아. 그런데 어쩌면 내 인생의 마지막 기회일지도 모르잖아! 그래서…."

사실 부영도 양심이 찔리고 있었다. 할 말이 없었다. 아이들을 위해 이곳까지 온 엄마들의 꿈은 자기 자식이었다. 자식 잘되라고 남편과 헤어져 뒷바라지하는 엄마들 틈에서, 없는 돈에 자기 꿈을 찾겠다고 나대는 걸 누가 이해할까? 이해받지 못하는 게 어쩌면 당연했다.

부영 자신도 감당이 되지 않고 있었다. 그럼에도 처음 꾼 꿈을 잃고 싶지 않았다. 누가 도와주기를 간절히 바랄 뿐이었다. 말이 길어지고 밤은 깊어졌다. 찬서에게 욕을 먹고 비아냥을 듣고 자기 입장을 토로하며 다시 숨이 쉬어진 부영은 갑작스럽게 다가온 기회를 자축하고 싶어졌다.

"그냥 오늘은 좋으려고. 친구야 축하만 해주라. 내가 너 말고는 이거 말할 데가 없다…."

그리 욕을 했건만 정신을 못 차리는 부영에게 어이가 없었지만, 찬서는 웃고 말 수밖에 없었다. 커피에 흑맥주를 타서 부영에게 내밀었다.

"그래, 이거나 마시고 가라."

그렇게 밤중 술판이 벌어졌고 술에 약한 그들은 금세 취했다. 술기운에 아이들 간식거리를 축내고 새벽이 오기 전에 부영은 집으로 돌아갔다.

오늘은 새벽기도가 없는 날이었다. 다행이었다.

과부하

7월이다. 제석은 하루가 멀다고 제주로 오라는 전화를 해대고 유학 준비는 차곡차곡 진행되어 갔다. 영어가 약한 부영은 추천서와 포트폴리오로 입시시험을 통과하고 1년은 영어 수련하겠다는 계획이었다.

계획은 그럴듯했지만, 돈이 없었다. 없는 돈은 제주 집으로 대출을 받든지 친정에 빌리든지 어떻게든 마련할 수 있다고 믿고 싶었디. 문제는 준수와 준서였다. 너무 감정적인 제석에게 아이들만 맡기고 유학길에 오를 수가 없었다. 진작 이혼을 하고 싶었지만, 그런 연유로 결국 선택한 게 아이들을 데리고 조기 유학을 떠나왔던 터였다.

늦은 밤 현관문을 두드리는 소리가 들린다.

'누구지?' 유학용 포트폴리오에 넣을 일러스트를 그리며 커피를 물 마시듯 하고 있던 부영은 놀라 현관으로 갔다. 이 시간에 올 사람이 없었다. 현관에 나 있는 작은 구멍을 통해 찬서가 보였다. 서둘러 문을 열자 밀치듯 집으로 들어온 찬서는 다짜고짜 주황색 소파에 몸을 던졌다.

"너, 요즘 너무 하는 거 아니니?"

앞도 뒤도 없는 말에 짜증이 가득했다. 기분 상했다는 표정이 역력하다.

"내 덕분에 학원도 다니고 유학 준비도 하면서 나한테 너무 소홀하다 생각하지 않니? 너 그러다 이렇게 요란만 떨고 유학도 못 가면 어떡하려고 해?"

유학 준비를 하기 전까지만 해도 함께 쇼핑도 다니고 커피도 하며 수다도 떨던 부영이 야밤에 유학 사실을 고백한 후 그 모든 행동을 딱 끊은 게 찬서에게는 문제가 되었다.

"어? 미안! 그런데 어쩔 수가 없잖아. 미안해 찬서야 네가 이해 좀 해주라."

서둘러 찬서의 화를 누그러뜨리고 하던 일러스트를 마저 해야 했다.

"시간이 너무 없어서 그래. 급하게 하다 보니 할 게 너무 많고 시간은 없고 미안하다."

한밤의 핑계는 절절했다. 함께하던 친구가 하루아침에 꿈을 찾겠다고 나 몰라라 하는 상황이 타국 땅에서 남편과 떨어져 혼자 아이들 뒷바라지만 하는 찬서에게는 가혹할 거라는 게 너무 이해되었다.

밴쿠버 그것도 웨스트 밴쿠버까지 아이들을 조기 유학 시키러 온 엄마들, 밖에서는 부러움과 시기심으로 별말들을 다 하지만 속을 보면 외로움에 골병이 구석구석 자리잡은 엄마들이었다. 자신의 꿈이 자식이 되어버린 타향살이보다 더 한 타국살이하는 불쌍한 여인들이었다.

"커피 마시고 가~."

거듭된 미안하단 말에 찬서는 누그러지고 있었다.

"커피 향이 좋은데, 지난번에 가져다 준 그 원두야?"

찬서는 자신이 가져다준 원두로 뽑은 커피라 맛있다며 좋아했고 기분이 풀리자, 부영이 그리다 만 그림을 집어들었다.

"꼭 입학해라. 너 잘 되면 나도 내 덕이라고 세상에 다 알리게."

이 말까지 나오는 것을 보니 기분이 다 풀린 게 분명했다.

"그래, 기분 풀어. 내가 얼마나 고마워 하는지 넌 모를 거야! 언제고 꼭 갚을게."

수틀린 기분이 가라앉은 찬서가 가고 커피 마신 뒷정리를 하자 시각은 12시를 넘어서고 있었다. '어쩜담, 이거 완성하고도 3개는 더 그려야 하고 디자인한 옷도 만들어야 하는데. 하아~' 아이들을 돌보고 살림을 살며 수업과 유학 준비를 한 부영은 이미 과부하 상태였다. 이번 가을 학기에 패션스쿨에 입학하고픈 마음에 부영을 자신을 너무 혹사하고 있었다.

갑작스런 너무 큰 꿈은 주변을 돌아볼 여유를 빼앗고, 채찍질만 가혹하게 해댈 뿐이었다.

지금 자신이 정상이 아니란 걸 알고는 있었다. 아이들을 챙기는 것도 소홀해졌다. 겨우 도시락만 싸주고 있었고 클라스에 다니느라 돈이 모자라 아이들은 도서관 말고는 어디도 가지 못하고 있었다.

아이들을 위해서 다른 엄마들과의 교류가 얼마나 중요한지 알면서도 시간이 모자라 찬서 말고는 다른 엄마들과는 만나지도 못했다. 그러던 와중에도 주에 두 번 하는 점심 봉사는 물론 간절함이 깊어질수록 놓지 못하는 새벽기도에 주일예배까지 챙기는 부영이었다.

아이들이 쓸 돈까지 빨아들이는 자신이 보이지 않을 리 만무했다. 죄책감은 수시로 밀려왔고 가장 부족한 엄마지만 자기에게는 가장 충실한 부영이라는 찔림이 부영을 땅끝으로 끌어당기고 있었다.

'이젠 제석과의 담판을 마무리해야만 하는데 욕심으로 보이는 꿈을 이룬다는 건 가능할까?' 의구심이 들고 있었다.

모성

밴쿠버에 온 지 5개월이 되고 첫 크리스마스이브를 맞이했다. 부영은 준수 준서와 눈밭을 걸었다. 화이트 크리스마스이브는 춥지 않았고 아름다웠다. 제주와는 달리 흩날리지 않고 소복소복 내리는 눈은 포근했다. 제석 없이 아이들과 맞이한 첫 크리스마스다.

"우리, 오늘 피자로 크리스마스 축하할까?"

환호하던 준수 준서와 두 블록 떨어진 미노피자를 향했다.

"엄마, 우리끼리라 너무 좋아."

행복해 하는 준수였다. 그러나 준서는 아쉬워 했다.

"아빠도 있으면 좋겠다."

제석은 절대 인정하지는 않았다. 유별난 편애! 준수를 대하는 제석을 보며 부영은 친정어머니가 생각났다. 그리고 자신이 생각났다. 그래서 더 그랑 살고 싶지 않았었다. 끔찍한 어린 시절의 기억을 준수가 대물림하게 한다는 건 부영에겐 지옥이었다.

명목상으로는 1년이라고 했지만, 아이들을 데리고 도망치듯 온 이곳에서 평생을 살겠다 마음먹었다. 여기서는 더는 혼란이 없을 줄 알았던 건 부영에게 착각이 되었다. 행복한 다짐은 강력한 꿈에 사정없이 박살나고….

아빠가 그립기만 한 준서의 아빠 찾기는 이곳의 시간이 길어지는 만큼 더해졌다. 이곳 사람은 사람이 아니라며 도서관 국기 게양대에서 대한민국을 부르짖던 준서도 적응해 갔다.

활달한 성격 때문인지 형 교실의 담임선생님과도 친해졌고 언어에 완전 적응하면서 학교 누구와도 이야기를 나누었다. 준서의 사교성은 이곳에서도 빛을 발했다.

지기 싫었던 준수는 얼마나 적응이 힘들었던지 처음에는 동전만 한 부분 원형 탈모가 일어나기도 했지만, 아버지 없는 이곳이 좋다며 돌아가고 싶지 않다고 했다.

그렇게 악착같이 적응해 가던 준수는 겨울 캠프로 스키장에 가서 처음 접한 스키를 바로 타면서 친구들의 기초를 가르치는 선생님의 보조를 했다고 자랑했다. 공부 성적도 우수로 돌아섰고 운동 축제 때도 투포환을 던져 8등을 하고 상을 받기도 했다.

아이들은 밴쿠버에 적응되고 있었다. 하지만 부영의 꿈대로 라면 다시 이곳을 떠나야만 한다. 미국으로 가야 하고 추운 뉴욕으로 아이들을 데리고 가야 한다. 아니면 아이들은 제주든 부산이든 한국으로 갈 수밖에 없다.

제석

제주에 홀로 남은 제석은 바쁘게 지내고 있었다. 부영과 아이들이 있던 자리를 일로 채웠고 남은 자리는 술과 담배로 채웠다.

이기적이고 고집이 대단한 제석은 술에 취했을 때는 호기가 지나치며 돌발행동을 하곤 했다. 그때도 그랬다. 부영의 청춘과 자신의 젊음을 다 바쳐 장만한 첫 집을 술김에 보증이 제물로 만늘어 버렸고 그게 동티가 나면서 부영의 밴쿠버 행을 막지 못했다. 그것만 아니었다면 무슨 수를 쓰더라도 자신에게서 마음이 돌아선 부영이었지만 기어이 주저앉히려 했을 거였다.

어쩔 수 없었던 제석은 아파트를 부영의 명의로 바꾸고 이혼까지 하면서 보증의 큰불은 껐지만, 제석은 가족과 헤어질 수밖에 없었다. 불행 속에서도 어쨌든 벗어나게 되었다는 사실에 부영은 감사 기도를 했지만, 제석은 달랐다. 단지 서류만으로 이혼했다 여겼다.

"라면이랑 아이들 과자 보냈어. 생활비는 통장에 보냈어."

가족이고 가장이라는 생각에 제석은 최선을 다하고 있었다. 단조로운 이 말들은 제석의 사랑이었다. 생활비 보낼 때 말곤 아이들도 찾지 않고 연락도 없던 제석이 전화를 걸어왔다.

조용한 새벽, 마루에 있는 유선 전화기에서 시끄러운 소리가 들렸다. 이 전화기로는 제석 전화뿐이었다. 부영은 서둘러 전화를 받았다.

"으음, 여보세요. 무슨 일이야?"

분명 제석이라 여겼는데 아무 말이 들리지 않았다. 잘못 걸린 전화라 여기고 내려놓으려 할 때 목소리가 들렸다.

"어, 자고 있었어?"

평소랑 다르게 조심스러운 제석의 목소리는 부영을 당

황하게 했다.

"어, 어!"

마루에 놓인 시계는 새벽 4시를 막 지나고 있었다.

"왜, 여긴 새벽이야. 무슨 일 있어? 얘기해."

눈을 붙인 지 한 시각도 되지 않은 부영이었다.

"어, 아니. 거기 좋아?"

한 번도 들어보지 못한 말이었다.

제석의 속내가 보였다. 하지만 아는 척하는 순간 휘말릴
것만 같았다.

"좋아. 당신도 여기에 와서 같이 살자."

이도 안 들어갈 말을 기대 없이 했다.

"난 제주가 최고다. 1년만 하고 오기로 했으니, 애들이랑
잘 놀다 와. 괜한 생각 말고. 그리고 으음, 다 해결했다."

결국 그거였다.

사고

　새벽 제석의 전화 후 다시 잠들지 못한 부영은 새로 산 잡지를 꼼꼼히 살피며 다음 패션 일러스트 구상하고 새벽 기도를 다녀왔다. 새벽기도는 이제 부영의 루틴이 되었다. 새벽기도는 격일로 이루어졌고 가지 않는 날은 집에서 성경을 보며 혼자 기도하기를 지켜냈다.

　유학 결정을 내린 이후 한두 시간 자는 날이 흔한 일이 되었지만, 기도는 하는 거였다. 패션으로 뭔가가 되고 성공하고 싶다는 부영 인생 첫 꿈에 대한 간절함은 매일의 기도였다.

　7월도 다음 주면 끝이 난다. 제석은 어제 7월 31일 자 비행기 티켓을 보냈다. 마음이 조급해졌다.

이번 주까지 포트폴리오 일러스트를 다 마무리하고 다음 주 제주를 다녀와야 한다는 촉박함에 하루 두 타임을 신청하고 이른 출발을 한 터였다.

오전에 출발한 버스는 다리를 코앞에 두고 꼼짝도 하지 않았다. 라이언스 게이트 입구에서 연기가 피어올랐고 승용차와 도로 한옆에 찌그러져 처박힌 다른 승용차가 보였다. '접촉 사고가 났네, 났어! 어떡하지? 이놈의 나라는 사고 정리가 너무 느린데, 어쩜 좋아!' 빨리 가야 한다는 조급한 마음은 버스 안에서도 달리고 있었다.

급한 마음은 이미 다리를 건넜지만, 30분이 넘도록 버스는 좀처럼 움직일 생각조차 하지 않았다. 다행히 견인차가 서둘러 왔고 조금씩 정리가 되어갔다. '웬일로 이렇게 빨리 정리가 되는 거야? 잘하면 지각은 면하겠어. 어서어서 빨리 좀 가자.' 상황이 해결되는 기미를 보이자 부영의 마음은 더 급해졌다.

이곳에서는 상상할 수도 없을 만큼 빠르게 정리된 사고 현장을 뒤로하고 버스가 정류장에 서자 부영은 냅다 달리기 시작한다. 심정적으론 숨도 멈춘 채 달렸다.

결국 지각은 했지만, 수업은 순조로웠다. 돌발 상황에도 운수 좋은 날이라 자신을 다독였다.

"늦었습니다. 죄송해요, 선생님!"

문을 열고 눈이 마주친 선생님은 샤인이 아니라 봉제 선생님 미셸이었다.

"아, 안녕하세요? 선생님. 샤인은요?"

봉제를 담당하는 한국인 미셸 선생님은 부영보다는 어렸지만, 학생들이 디자인한 옷을 만드는 데 많은 도움을 주고 있었다.

"입원했어요. 유학 준비한다면서요? 포트폴리오 작업도 해야 한다던데 어떡해요. 다음 주나 돼야 올 거예요."

샤인의 입원 소식에 당혹감을 감추지 못한 부영의 얼굴이 굳어버렸다. 샤인 없이는 자신이 없었다. 부영에게 미셸은 자신을 잡아줄 만한 선생님이 아니었다.

멍해진 부영은 수업 후 정류소에서 버스를 그냥 두 대나 보내고 있었다. 세 번째 버스가 오기 전에 전화벨이 울렸다. 샤인이었다.

"미안해요. 유산기가 있다고 해서…. 다음 주면 퇴원할 수 있을 것 같아요."

부영은 너무 고마워 연신 "네, 네!" 대답만 했다. 그리 급

박한 상황에서도 연락을 주는 샤인의 마음에 조급해지던 부영은 조금 평안을 찾았다. 그리고 버스가 왔다. 한달음에 버스에 올라 유리창을 활짝 열었다.

평소보다 늦은 탓인지 아이들은 자고 있었다. 텔레비전만 혼자 켜져 있었다. 텔레비전을 끄고 욕조에 몸을 담갔다. 뭉쳤던 어깨를 풀고 젖은 머리를 수건으로 감싸고 커피를 내렸다. 다시 시작할 수 있을 것 같았다.

최선

"그러면 한 학기라도 어떻게 안 되겠어요? 다들 이렇게 가는 건 아니라고 해! 이렇게 제주로 돌아간다면 아이들이 적응하지 못할 거라고….'

아이들의 학비 이야기는 서로의 견해차만 남기고 계속 중단되었다.

새벽 통화 후 제석은 하루에도 몇 번씩 전화를 걸어왔다. 시간대도 대중이 없었다. 또 제석의 전화가 왔다. 이번엔 저녁이다. 언제나처럼 자기가 하고 싶은 말만 했다.

"힘들어, 또 1년 치 학비를 보내는 건 내가 너무 힘들다고."

계속 아이들을 보살피며 유학하기로 한 부영은 제석에게 마지막으로 딱 1년 치 아이들 학비를 부탁했다.

사실 첫 학비는 제석이 준 게 아니라는 걸 부영은 알고 있었다. 제석이 부영에게 비밀로 했지만, 부영은 그 돈이 친정에서 나왔다는 걸 알고 있었다. 그는 항상 그런 식이었다. 신접살림을 시작한 곳도 자기가 준비했다고 했지만, 나중에 알고 보니 친정아버지가 해준 거였다. 결혼과 동시에 어떤 도움도 받지 않겠다는 부영의 의지는 제석에게는 아무것도 아니었다.

　반 학기 학비와 그동안의 생활비라도 부탁했다. 보증 문제가 해결되었다면 그 정도 융통은 가능하다는 걸 알고 있던 부영이었다. 하지만 그 또한 깡그리 무시하는 제석에게 더는 전화로 얻을 답이 없었다. 이대로 제주로 다시 돌아간다는 건 정말 상상도 하기 싫을 만큼의 부영에게는 끔찍함이었지만 결국 제석과의 단판을 위해서 부영은 제주로 가기로 했다.

　전화를 끊었지만, 안락한 휴식은 이미 물 건너간 뒤였다! 잠시 졸기라도 하고 싶었던 원래의 계획이 조각나자 던져놓은 모자를 집어 들었다. 집 앞 씨워크로 나갈 작정이다. 호수같이 잔잔한 앞바다라도 봐야 했다.

샤인은 퇴원하고 다시 나온 첫날 부영의 일러스트를 점검했다.

"괜찮네요! 걱정했는데, 저 없이도 잘 해냈군요. 이건 헬레니즘 복식을 모태로 한 작품이군요. 포즈는 지난번 드린 자료집에 있는 걸 응용했군요. 잘하셨어요!"

걱정이 기우였다는 걸 확인하자 마음이 풀렸다. 부영의 형편이 여러모로 유학하기에는 나쁘다는 사실을 어느 정도 눈치를 채고 있던 샤인은 병원에 있는 동안에도 부영이 신경 쓰였었다.

괜한 이야기를 해서 부영을 힘들게 하는 건 아닐까하는 후회를 하기도 했지만 꿈과 능력 사이에서 좌절했던 자신의 아픈 기억을 부영은 겪지 말기를 바라는 샤인의 소망은 간절했다.

"감사합니다. 다행히 도서관에서 좋은 자료를 찾은 덕인 것 같아요."

부영의 은은함은 샤인에게 기운을 주었다. 샤인은 환하다기보다는 은은한 부영이 진실해 보여 마음에 들었다.

"그럼, 오늘은 지난번에 못 간 재료상 투어를 해 볼까요? 괜찮죠?"

샤인과의 재료상 쇼핑이 드디어 재개되었다. 클라스 근처 재료상은 마법과도 같다. 마법 속의 마법사처럼 부영에게 필요한 물품을 하나둘 찾아냈고 부영은 감동으로 가방을 채워갔다. 오늘의 부영은 날아오르는 빨간 풍선이 되었다!

"맛있다!"

일러스트로 그린 부영의 디자인을 실제 옷으로 만들 재료를 단 하루 만에 다 사고 샤인의 단골 커피집으로 향했다. 주문한 시나몬 롤은 정신이 번쩍 들 만큼 달달하고 향기로웠다.

"제가 힘들 때면 이곳의 시나몬 롤을 먹곤 했죠. 부영 씨랑 이곳을 찾을 줄은 몰랐네요. 맛있죠? 고단함이 싹 사라질 만큼!"

샤인의 입가에 미소가 번지고 함께하는 커피에서 따뜻한 연기가 올랐다.

"네, 달달한 게 눈이 번쩍 뜨이네요."

진한 달콤함은 부영의 정신도 기분 좋을 만큼 아찔하게 했다.

서울에서 학교를 다닌 샤인은 밴쿠버로 이주해 자리를 잡으려 닥치는 대로 일하고 공부했었다. 자신이 가장 좋아하는 플루트를 결국은 포기하고 의상학을 전공한 샤인은 한국을 떠나 이곳에서 웨딩을 선택했고 짧은 시간에 꽤 많은 돈을 벌었다. 돈 버는 게 지겨워질 때쯤 유명 패션 스쿨에 입학을 희망하는 학생들에게 포트폴리오를 만들어주는 클라스를 열었다.

돈이 되는 또 다른 일이기도 하였지만 단지 그것 때문만은 아니었다고 했다. 꿈과 재능이 일치하는 아이들을 보고 싶은 마음이 더 컸다고 했다.

그리고 자신에게 확인시키고 싶었다고 했다. 계속해서 '샤인, 넌 재능이 없어서 플루트를 못 한 거야! 돈이 없어서도 아니라고 그러니 미련은 그만 떨쳐버려!'라고….

샤인과 재료상을 뒤지고 돌아다닐 때의 흥분은 집에 돌아오자 불안으로 바뀌었다. 단단하기만 하던 희망이 어설픈 공상이 되어 사라질 것만 같았다. 제석의 얼굴이 떠올랐고 그 뒤를 이어 학비라는 현실적인 문제가 뒤를 따랐다. 그리고 준수와 준서의 엄마 없는 미래가 어둠처럼 몰려왔다. 몽상 같은 현실은 부영에게는 자신을 심해로 끌어당기는 엄청난 무게의 무쇠 추 같았다.

제석에게 더 말해봐야 겠다 마음을 다잡았다. 어떤 대가를 치르더라도 꼭 아이들을 데리고 유학가고 싶었다. 뉴욕으로 가는 건 지금 아니면 영원히 안 될 것만 같았다.

영어가 부족한 부영은 어떡하든 최고의 포트폴리오로 합격하고 영어 연수부터 하면서 아이들과 뉴욕에서 사는 게 우선 목표였다.

'언니와 엄마가 도와만 준다면 뉴욕에 있는 숙모 집에 신세를 질 수 있을 거야! 숙모는 부자고 오빠들은 잘나가잖아!' 도움은 받는다는 건 계획에 없었지만 부영의 머릿속에서 신세 질 계획이 줄줄 흘러나왔다.

'그래, 언니도 숙모 집에 있었다고 했어! 그러니 나도 될 거야 아이들은 일단 제석 씨에게 맡기고 잠시 한 학기 정도… 그리고 나도 적응하면 장학금 타고 아르바이트하고… 아이들 학비는? 그곳도 유학생 엄마면 학비가 공짜일까? 아니면 어떡하지?' 공상은 꼬리에 꼬리를 물었고 모래성은 계속 쌓이고 무너졌다.

#05
가
림
막

봉사

"선생님, 이곳에 넣으면 되죠? 여기요!"

큰 스텐 통에 담긴 파전 반죽에 파와 당근 양파를 쏟아 붓는 부영의 얼굴에 희열이 보였다. 밥해주는 봉사 둘째 날이다.

"네, 그러시면 돼요. 잘하시네요."

속칭 마약 소굴이라는 밴쿠버 다운타운 뒷골목에 있는 작은 교회 부엌에서 중독자들을 위한 점심 준비를 하고 있다. 식사 봉사를 하던 윤정과 성희는 새로 함께하는 부영의 일솜씨가 만족스러웠다.

'손도 빠르기도 해라.' 늦은 오후에 하는 수요예배까지 참석하는 독실한 윤정은 빠른 몸놀림으로 파전이며 샐러드까지 척척 해내는 부영의 모습에서 꾀를 찾을 수 없었다.

"성희 씨, 제대로 된 일꾼이 들어온 것 같아요!"

윤정보다는 어리지만, 부영보다는 한참 언니뻘인 성희는 윤정의 말에 고개를 끄덕였다.

"네, 허세나 주변 이목 때문에 온 것 같진 않아요. 정말 봉사하러 오신 분인 것 같아요."

성희가 자신과 같은 생각이라는 것에 윤정도 끄덕였다.

"그래요, 저도 같은 생각이에요."

그들은 이곳에서 스쳐간 봉사자들을 한두 명 본 게 아니었다. 워낙 유명해서 하버드 대학생들도 봉사 점수를 위해 오고 이민 온 사람과 유학생 엄마들은 자녀들의 스펙을 위해, 봉사했다는 증서를 받기 위해 오는 이들이 많았다. 담임 목사가 한인 출신의 입지전적인 여자 목사라는 것도 한국인이 자주 오는 이유이기도 했다.

그녀는 캐나다 인디언들을 위한 목회는 물론 밴쿠버 마약 중독자들을 위한 목회와 식사 봉사를 이곳 뒷골목에서 시작했다. 물론 이런 곳은 많았다. 이곳에 흔한 건 마약 중독자와 그들에게 구호의 손길을 주는 단체와 인원이었다.

부영 눈에는 이런 게 정말 그들을 돕는다고 여겨지지는

않았지만 이미 이곳은 그렇게 돌아가고 있었다. 매주 그들에게 돈이 나오는 날을 제외하고는 항상 그들로 북적이는 도심지의 음지였다.

중독자들은 돈이 나오는 날이면 마약을 하기 위해 공짜 밥도 마다하고 어디론가 사라졌다가 돈이 떨어지면 다시 이곳들로 모여들었다.

얼마 전엔 동양인 여자가 이 길을 지나다 중독자와 눈이 마주쳤다는 이유로 그가 가지고 있는 마약 주사기 공격을 받아 실려 갔다는 이야기도 들렸다. 자주는 아니지만 가끔 발생하는 사고라 했다. 그들과 눈이 마주치지 않게 다녀야 한다는 주의 사항도 함께 들었다. 눈이 마주치면 그들은 공격으로 받아들여 공격성이 나오니 주의하라는 이야기였다.

교회 목사님과 교유들과 처음 그곳을 찾았던 부영은 그때 목사님은 지나가는 말처럼 부영이 이곳 목사님처럼 되면 좋겠다, 말했고 부영은 계속 이곳 밴쿠버에서 살고 싶은 소망의 첫 시작으로 부유하고 안전하다는 밴쿠버의 가장 낮은 곳 중 하나인 이곳에서 기도하는 마음으로 자신을 헌신하기로 했다.

인생에서 처음 꿈이 생긴 부영의 간절함이었다. 부디 다시 제주가 아닌 이곳에서부터 꿈을 이루게 되길 간절히 바라는 마음으로 봉사를 결심했다. 그들에게 자신의 간절함을 뿌리고 싶었다.

10여 년이 넘게 계속된 목회로 세계적인 인지도를 쌓은 여자 목사는 세계 유명 대학의 봉사점수를 쌓기 위한 단골 교회로 거듭났고 유명세를 등에 업은 빅토리아는 진짜 봉사자들의 걱정에도 불구하고 가짜 봉사자들의 사진찍기 장소로도 이용되고 있었다.

목사의 속내를 아무도 알 수는 없었지만 윤정과 성희 같은 봉사자들은 그런 사람들로 지쳐가고 있었다.

6월 태양이 밴쿠버를 강렬하게 비추기 시작하던 어느 날 부영은 이곳으로 두 번째 걸음을 걸었다.

"저… 이곳이 식사 봉사를 하는 곳인가요?"

교회의 낯선 문을 열고 들어섰을 때 딱 마주친 눈이 바로 윤정이었다. 막 들어온 식자재를 부엌으로 옮기던 윤정은 자신보다 한참 어려 보이는 부영을 보곤 다짜고짜 짐을 옮기라고 했다.

"여기에 있는 짐을 부엌으로 옮겨요."

부영은 군말 없이 그 짐을 다 날랐고 잔뜩 쌓여 있는 짐들은 10분도 되지 않아 부엌으로 자리가 옮겨졌다. 부영의 첫 봉사는 땀으로 흥건해졌다. 서둘러 짐을 나르고 숨을 고르던 부영 앞에 얼음 가득 한 아이스 아메리카노가 놓였다.

"마셔요."

윤정의 입에도 빨대가 물려있었다. 윤정은 바로 전화를 걸었다.

"목사님! 새로운 봉사자가 오셨는데, 오늘부터 함께 해도 되죠?"

통화가 끝나자, 부영에게 손을 흔들었다.

"이름이 뭐죠?"

"부영입니다. 서. 부. 영."

허름한 교회의 주방은 휑하다는 느낌이 들만큼 컸다. 서늘함이 스며들었고 냄새도 딱히 뭐라 말할 수 없지만 처음 느끼는 향기가 돌아다니고 있었다. 윤정은 자기도 웨밴에 살고 그림을 그린다고 했다.

 매주 두세 번 점심 봉사를 하고 한 번은 저녁 봉사를 한다고 했다. 밤에 하는 수요예배는 너무 성령이 충만한 시간이라고 했다. 부영이 매주 두 번 점심때만 할 생각이라고 하자 자신이 하는 화요일과 목요일에 같이 하자 했다. 메뉴는 파전이 메인이고 빵이나 다른 음식을 사이드로 한다고 했다.

 식사 봉사는 금세 익숙해졌고 살집 좋고 후덕해 보이는 성희와도 친해졌다.

 "언니, 파와 마늘 같은 향신채가 중독자들의 독소를 없애주는 데 도움이 된데요. 알고 파전을 부치는 거예요?"

 "아니, 정말 그렇데? 부영 씨는 어떻게 알았대, 그런 걸?"

 "여기서 하도 파전을 부치기에 파의 효능과 마약 중독과의 관계를 뒤져봤죠. 그렇다고 하더라고요. 인터넷에 헤헤."

 부영과 성희의 즐거운 수다에 윤정이 거들었다.

 "그럼 우린 대단한 식사 봉사하고 있었네. 앞으로는 더

두툼하게 많이 먹여야 겠는걸!"

파전을 뒤집던 윤정의 손에 힘이 들어가자 덩치 큰 파전 한 장이 멋들어진 공중돌기를 하고는 프라이팬 속으로 가볍게 안착했다. 10점 만점에 10점의 솜씨였다.

부영은 주방 일은 물론 홀에서 그들에게 음식을 나눠주는 일도 하게 되었다. 처음에는 두려움이 앞섰었다. 하지만 누군가는 해야 할 일이었기에 도전하기로 했다.

누군가에게 배운 적은 없었지만 어렸을 때 상대를 바로 보는 게 사람에 대한 예의라는 아버지의 가르침과 그걸 싫어하는 선생님에게 꾸지람 들었던 기억, 중독자들은 자신을 보면 공격성이라고 여기고 그 공포에 상대를 먼저 공격한다고 들은 말을 나름 섞어 올려보기 비책을 사용하며 그들을 대하였다.

결과는 극적이었다. 그들은 부영에게 미소로 답했고 부영은 좀 더 용기 내어 앞으로 음식을 받으러 오지 않은 이에게 음식이 담긴 접시를 그렇게 전달하기까지 했었다. 봉사는 즐거웠다. 하지만 그게 부영을 혼란스럽게 했다. 봉사할 때의 기쁨이 이기적이라 여겨졌다.

꿈을 가지게 된 부영은 꿈을 가졌을 때만큼 즐거운 봉사가, 봉사가 아닌 이기적인 욕심 같았다. 그들을 이용하는 것만 같았다. 왜 그들을 위해 밥을 주는 데 그들보다 내가 더 행복할까? 그 의문은 꿈을 잠시나마 흔들 만큼 강렬했다. 그러면 그럴수록 부영은 무거워져 갔고 그들에 대한 미안함에 뭔가를 더 해주어야 할 강박에 힘들었다.

패션을 하고 성공하면 꼭 이곳에 제주 감물로 된 시트를 기증하겠다고 마음먹은 부영은 꿈을 이룰 이유 하나를 더 만들어 갔다.

제주에서 염색을 배울 때 제주 감물로 염색한 천은 벌레와 습기에 강하고 오염도 잘되지 않는다고 했다. 자주 빨지 않아도 냄새나 더러움이 잘 타지 않는다는 소리를 들었다. 생각이 거기까지 가자 부영의 마음은 조금은 가벼워지는 것 같았다.

목회자

식사와 샐러드를 파는 간이 레스토랑, 비싼 식당은 아니었지만 정갈하게 꾸며진 곳이었다.

"준수 어머니, 선택하시길 바랍니다."

목사님의 말은 황당하기 그지없었다.

"믿지 않으셔도 할 수 없긴 하지만 정말 제 꿈에 성령의 하나님께서 선언하셨습니다. 꼭 목회자의 길로 가셔야만 합니다. 그래야만 우리 교회도 삽니다. 이거 하나님의 뜻입니다."

아이들과 함께 다니는 교회의 담임목사는 부영의 식사는 안중에도 없는지 계속 같은 말을 반복하고 있었다.

첫 꿈이 생긴 지금 목사님의 말씀은 생각할 이유조차 없었다.

"네, 무슨 말씀인지 알아들었습니다. 목사님 우선 식사부터 하시죠."

부영의 반응은 시큰둥했지만 목사님의 마음은 부영과 너무 달랐다. 부영이 하나님의 일을 할 기회를 이렇게 놓치게 하고 싶진 않았다.

"네, 제가 오늘 결례가 많죠. 하지만 마음을 다해 다시 생각해 보시길 바랍니다. 하나님의 뜻이고 대단한 기회라는 생각이 드네요. 지금 하시는 봉사만 해도 그걸 증거하고 계시고요!"

불편한 식사였다. 목사님과의 환한 대낮에 공개된 식당에서 이루어진 식사는 결국 다른 신자들의 입방아에 오르고 말았다. 물론 대놓고 뭐라 하는 이들은 없었지만, 부영을 계속 불편하게 했다.

봉사하면서 생긴 죄책감이 부영을 목회자의 길로 향하지 않게 한 건 아니었다. 그들에게 받은 기쁨을 다시 그들에게 쏟아 붓는 게 충분히 가치 있는 일이라고도 여겼다. 하지만 그 길은 그동안 가족을 사랑하고 그들을 위했던 자신의 시간과 그리 다르지 않다고 여겼다. 단지 이제는 그렇게 살고 싶지 않은 것뿐이었다.

밴쿠버를 시작으로 미국에서 공부하고 다시 밴쿠버로 와서 살고 싶은 꿈의 바람에, 자신이 살 땅의 바닥부터 함께 해야 그럴 수 있다는 마음의 봉사는 부영에게는 딱 그만큼이었다.

준수, 준서 그리고 제석

부영은 잠든 아이들의 얼굴을 쓰다듬었다.

"미안해."

목소리는 작고 떨렸다.

제석의 편애 그리고 그렇게 성장한 아이들의 다른 모습, 늦게나마 꿈을 찾겠다는 부영에게 그 결과물은 각각 다른 의미의 짐이 되고 있었다.

제석의 일방적인 전화는 계속되었다.

"이제 얼마 안 남았네. 도배도 새로 하고 침대 매트리스도 바꿨어. 어서 와서 함께 살자. 너만 오면 돼."

제석의 저돌성은 부영을 다시 숨이 막히게 했다. 결혼 전 제석의 저돌성을 부영은 안정감이라 착각했다. '저 정도면 나를 정말 사랑하는 걸 거야! 그렇지 않고서는 어떻게 저럴 수 있겠어!' 착각이 쌓였고 부영은 결혼했다.

7월 마지막 주 유학 영주권 등 많은 기회가 부영에게 사인을 보냈다. 이대로라면 뉴욕을 포기해도 밴쿠버에서 패션스쿨을 다닐 수 있겠다는 생각마저 들기 시작했다.

심지어 패션스쿨만 다닐 수 있다면 제석을 이곳으로 불러 함께 살 수도 있겠다는 생각까지 하던 차였다. 이 모든 게 제석에게는 통하지 않았지만 말이다. 한치도 양보가 없었다. 제주에서 살자고만 했다. 당장 내려오라는 거였다. 모든 건 제주에서만 하라는 말만 되풀이하고 있었다.

제석과 준서의 막무가내는 부영의 마음을 나락으로 잡아당기기만 했다. 준서의 마음을 알고 나서는 막무가내 수위가 나날이 심해졌고 겨우 버티고 있는 부영을 깊은 바다로 집어 던지고 있었다.

일러스트 4개와 의상 착장 스튜디오 사진 4개 그리고 히스토리 의상 제작까지 끝이 났다. 있을 수 없는 기적 같은 결실이 하루하루를 채우는 동안에도 제석의 전화는 계속되었다. 부영의 삶은 환희와 절망이 매일 뒤섞이고 있었다. 7월이 가기 전에 어떤 쪽으로든 결정해야 했다. 그러지 않았다간 미치든 죽든 할 것 같았다.

준서는 매일 아빠를 찾았고 제석은 매일 부영을 다그쳤다. 준수는 불안해했다. 견디기 어려운 무거움이 부영의 목구멍까지 가득 차고 있었다.

친정어머니

한계에 몰린 부영은 상상만 하던 일을 감행하기로 했다. 제석이 변하지 않는 지금의 마지막 방법이다. 제석의 사업장과 집이 부영의 명의인 지금, 그것을 다시 제석의 명의로 하고 타협을 시도하기로 할 계획이다.

보증 문제도 해결되었다고 하니 명의를 다시 다 가져가라고 할 작정이다. 그리고 아이들의 1년치 학비와 생활비만 달라고 할 생각이다.

어차피 이혼했으니 더는 서류 정리할 게 남지 않았고 재산의 명의를 줄 테니, 양육비와 위자료라 생각하고 그것만 준다면 그다음은 알아서 헤쳐 나가겠다고 할 생각이었다.

하지만 제석은 단번에 거부했고 절대 안 된다고만 할 뿐이었다. 이혼이 아니라고 했다. 단지 잠시 떨어져 있는 거였고 이제 돌아올 시간이라고만 했다. 이번 계획은 산산이 부서졌다.

부영은 다시 독하게 마음먹었다. 정말 마지막이라는 생각에 자신의 명의인 아파트를 처분하기로 했다. 이미 양육비와 위자료 명목으로 받은 아파트였기에 법적으로는 문제가 되지 않았다.

하지만 그러려면 한국으로 가야만 했다. 그리고 살벌한 전쟁이 일어날 것이다. 화가 나면 이성을 잃는 제석은 뭐든 했었다. 마음대로 되지 않으면 뭐든 부쉈고 욕은 아무렇지 않았다.

논리도 사실도 그에게는 아무것도 아니었다. 그런 전쟁에 아이들을 끼울 수는 없었다. 부영의 의욕은 오랜만에 힘차게 올랐고 생각이 거기까지 간 부영은 겁 없는 결정을 또 하고 말았다.

친정어머니의 도움을 받기로 마음을 먹은 거였다. 길어 봤자 두어 달만 봐주시면 된다 여겼기에 감히 마음을 먹었고 여러 날 마음을 다잡고 전화를 걸었다. 친정어머니에게 거는 전화가 이리도 살 떨리게 공포스러운 건지 아무도 이해할 수 없을 거다.

언니의 말도 안 되는 결혼과 도망치듯이 시집에서 나온 언니의 이혼이 평생의 공포인 친정어머니의 입장이 있었다. 부영의 결혼 전에 어머니는 분명히 말했었고 결혼 이후에도 항상 같았다. '이혼은 절대 안 된다.'였다.

지금도 이혼한 걸 말하지 않은 부영은 손자를 잠시 맡기겠다는 말만 하기로 결심했다. 굳이 이혼의 '이'자도 말하지 않을 생각이었다.

떨리는 손가락이 전화를 걸었고 어머니 목소리가 들렸다. 간단히 지금 사정을 말했다. 부영의 목소리는 떨리고 있었다.

"어머니, 저…. 애들, 좀 맡아줄 수 있어요? 두 달이면 충분해요. 애들 아빠랑 얘기해야 하는데 애들 앞에선 할 수 없고 정리를 하려면 며칠 걸릴 것 같아서요 여기서 애들이랑 살 준비도 해야 하고…."

아이들을 부탁하는 부영의 입은 바짝바짝 마르고 있었다. 얼마나 고심했는지 말하는 순간조차 어떤 대답이 나올지 예상이 되고 있었다.

하지만 돌아온 답은 예상을 완전히 벗어나고 있었다. 평소 말씀이 길지 않으시던 어머니는 다른 답을 내놓았다. 걱정도 나무람도 아니었다.

"그러지 말고 부산에서 나랑 닭집이나 하자."

부영은 믿을 수 없었다. 바로 절망이었다.

얼마나 고심하고 한 부탁이었는데! 부영의 말은 아예 듣지 않은 것 같았다. 적어도 지금의 부영 귀에는 그리 들리기만 했다.

"그럼, 아이들은 내가 봐줄게, 나랑 닭집 하면서 돈 벌어 언니랑 오빠 뒷바라지도 하고 그러고 살자!"

부영은 곰곰이 생각했다. 갑자기 웬 닭집을 하자는 걸까? 그리고 기억났다. 얼마 전 통화의 기억이….

아이들의 저녁을 준비하며 부영은 우유와 각종 양념에 밤새 담가 놓은 닭 토막을 오븐용 양념 가루에 묻혔다.

양념 가루라는 건 시즈닝이라 불리는 이곳의 가루 소스 같았다. 시즈닝이 잘 묻은 닭 토막은 예열된 오븐 안으로 들어가고 잠시 후 고소한 향기를 뿜어내며 지글지글 익어 간다. 따르릉 전화가 울리고 전화기 너머로 친정어머니의 목소리가 들렸었다.

"내가 치킨집을 하려고 하는데 넌 어떻게 생각하니? 동생들은 다 반대인 것 같아. 내가 하면 돈이 안 될 거라네."

어머니는 제석과 닮은 면이 많았다. 항상 일방적이었다. 사랑도 표현도 일방적이었다.

"네, 하고 싶으면 하셔야죠. 하고 싶은 대로 하시면 될 것 같아요. 여기에 보니까, 오븐에 구울 때 묻히는 가루가 있더라고요. 시즈닝이라고, 그런 게 있는데 그걸 묻혀 구우니까 튀긴 것같이 바삭하면서 맛있어요. 튀긴 닭이랑 차별화도 있고 괜찮을 것 같아요. 몇 개 보내드려 볼까요?"

어머니는 부영의 말에 대답하지 않았다. 항상 그렇듯이 알아서 하라는 식이었다. 하지만 태어나서 처음으로 간절한 꿈이 깨지냐 마느냐의 갈림길에서 더는 꿈이 아닌 것에 신경 쓸 여력도 마음도 없던 부영은 시즈닝을 보내지 않았고 더는 관여하지 않겠다는 무언의 답을 했었다.

그리고 처음으로 한 부탁의 답이 언니와 오빠를 위해 닭집 하자는 거였다. 마지막 동아줄이라 여겼던 게 있지도 않는 허상이었던 거다.

이제 어떤 궁리를 해야 해결을 할 수 있을지 부영은 정신이 어지러웠다. 그냥 죽어버리고만 싶었다. 그동안 가족을 위하던 자신이 원망스러웠다. 무서운 시어머니에 가부장적 남편, 가게 일에 집안일까지 항상 벅차 보였던 어머니였다.

사는 형편은 좋았지만 그만큼 할 일도 많으셨다. 5남매를 키워야 했고 친정도 챙겨야 했다. 부영은 그런 어머니가 안 돼 보였고 돈이 생기면 어머니 선물을 샀고 가족들 선물을 샀었다.

옷을 좋아하면서도 까다로운 언니 옷 비위에 힘든 어머니를 위해 자신은 어머니가 골라주는 옷을 그냥 입었다. 그럴 때면 어머니는 부영은 뭘 입어도 어울린다면 계산을 바로 끝내고 나오셨다. 대학 졸업 때 딱 한 번 옷 투정을 부리긴 했지만, 그때가 처음이자 마지막이었다.

어머니는 그런 부영을 알고 계셨다, 그래서 결혼 때 뭐라도 챙겨주려 하셨고 도리어 부영은 그걸 받지 않겠다며 실랑이가 벌어지기도 했었다. 결국은 어머니 뜻대로 다 하셨긴 했지만, 그때 일로 형제들에게 많이 챙겨 시집갔다는 억울한 소리를 들어야만 했다.

자존심 센 부영에겐 큰 상처였지만 그래도 어머니를 이

해하려 했었다. 하지만 이번 일로 부영은 자신이 어머니의
호구로 전락했다는 억지 마음이 생겼다.

#06

마
지
막

아는 얼굴들

부영은 찬서를 통해 어릴 적 부산 같은 골목에서 자란 동네 언니 수미를 만났다. 우연히 운명처럼 언니는 부영이 다니던 학원에서 함께 다니던 오빠랑 결혼해서 여기까지 온 것이다. 찬서와 함께 초대받은 부영은 언니에게 굴짬뽕을 해주겠다고 했고 수미 언니도 굴을 넣은 백짬뽕을 먹을 생각에 설레고 있었다고 했다.

"나야말로 정말 기가 찬다. 귀엽고 통통한 애가 벌써 애 엄마가 되어 내 앞에 있다니 말이야. 그것도 여기 웨밴에서! 아저씨가 내 손에 알사탕 쥐어주시던 게 엊그제 같은데 말이지."

수미는 젖살로 꽉 찬 작은 발로 벽을 잡고 뒤뚱거리던 부영을 생각했다. 항상 집에만 있던 부영에 대한 기억은 사실 크게 없기는 했지만 말이다.

수미의 부엌에서 부영은 굴을 씻고 야채를 다듬었다. 찬서는 남의 부엌에서는 일하지 않는다고 했다. 찬서 맞은편에 앉은 수미의 남편 철우의 시선은 신경도 쓰지 않았다.

"편하다! 언니네 집 전망이 정말 좋은데요. 아저씨가 주식으로 돈 좀 만졌다더니 정말인가보다"

방 3개에 화장실까지 3개가 되는 넓은 거실을 가진 수미의 집이 찬서 마음에도 드는 모양이다. 하지만 주식을 하던 철우 덕에 무진히도 속을 겪었던 수미는 모든 걸 잊고 새로 시작하고 싶어 웨밴으로 온 거였다.

철우는 주식회사 직원으로 돈이 우습다는 생각이 들 만큼 수입이 좋았다. 덕분에 수미는 명품족의 시간을 가질 수 있었다. 아이들은 영어 유치원을 보냈고 막대한 사교육비를 지출하며 아이들의 조기교육을 미리 준비했지만 홀로 아이들을 데리고 유학을 올만큼 자립적이지도 않았다.

수미는 여린 전업주부였다. 그때 마침 남편 철우의 일에 문제가 생겼다. 주식이 주춤거리며 회사에서의 입지가 흔들렸고 수입도 급감했다. 기본급보다 월등히 많은 배당금과 성과금에서 문제가 생기자 퇴사를 결정했다.

부모님의 아쉬움은 손주들의 미래라는 명분으로 피하고는 영주권을 목표로 이주를 한 거였다. 하지만 수미는 허허로움에 술이 늘고 있었다. 어제도 남편과 아이들이 잠든 시각 보드카 반병을 비웠고 깔깔한 입과 속을 굴짬뽕으로 깨워줄 부영이 너무 예쁠 뿐이었다.

"먹자~"

수미의 밝은 목소리가 철우와 찬서를 식탁으로 불렀다. 국물을 한 입 먹자 시원한 굴 향이 입 안 가득 찼다.

"굴이 듬뿍 들어가서 맛이 시원해. 이곳에서 이런 음식을 먹다니 고마워."

칭찬일색의 수미랑 철우와는 달리 찬서는 수미의 시선이 부영에게로만 향하자 딴지를 걸었다.

"이런 거야, 이곳 중식당에서도 얼마든지 먹을 수 있는데 뭐. 맛이야 뭐 식당이 더 맛있지."

투털거리면서도 그릇째 다 비워낸 찬서는 또 다른 불만을 내뱉었다.

"배불러. 양이 너무 많다."

그릇 바닥에 그려진 꽃무늬가 드러나게 한 그릇을 뚝딱 비운 찬서는 거실로 나갔다. 준수와 준서가 수미의 자녀인

영서와 영민 그리고 찬서의 딸 영비가 마당에서 놀고 있는 게 보였다.

"들어와서 먹고 놀아."

부영은 아이들이 먹을 굴짬뽕을 그릇에 담고 공깃밥까지 떠 식탁을 새로 차렸다. 그 사이 수미는 아이들의 젖은 몸을 닦았고 철우는 그 모든 광경을 잠자코 지켜보고만 있었다. 그러다 눈이 마주친 아내 수미와 눈으로 많은 대화를 나눴다.

"요놈들, 닦고 들어와야지. 자, 부영 이모가 만들어 준 따끈한 음식을 먹어볼까?"

물기를 닦은 아이들의 손을 잡고 식탁으로 향했고 그때까지도 찬서는 소파에서 리모컨만 만졌다.

해가 지고 가벼운 포옹으로 오늘의 만찬과 헤어진 부영은 찬서와 씨워크를 걸었다. 아이들은 뒤에서 까르륵거렸고 앞으로는 붉은 태양이 지고 있었다.

새벽기도

  새벽 4시 누군가 현관문을 열려는 소리가 들렸다. 새벽기도 때문에, 눈이 뜨일 시간이었지만 아직 20분은 남은 시각이었다.

  '누구지?' 부영은 소름이 쫙 내렸다. 밖에서는 문을 열려는 시도가 계속되었고 두려움이 엄습했다. 문의 안전장치를 살폈다. 잘 잠겨있다는 것을 확인하고 방문을 조용히 잠그고 목사님에게 전화를 걸었다.

  "목사님, 혹시 지금 저희 집 앞에 오신 건 아니시죠?"

  떨리는 부영의 목소리에 목사님도 같이 긴장되었다.

  "네? 네, 가는 중이긴 한데 아직 10분은 더 걸릴 것 같아요. 혹시 무슨 일이라도 있어요?"

  4시 30분 근처 교회에서 새벽기도를 드리기 위해 먼 길을 오고 있는 목사님의 걱정을 뒤로하고 서둘러 전화를 끊은 부영은 위층에 사는 소영에게 전화를 걸었다. 바로 전화를 받은 소영의 목소리는 잠이 덜 깬 상태였다.

"헬로우~"

습관적으로 영어로 전화를 받은 소영은 부영의 목소리를 듣자 바로 한국말로 바꿨다.

"왜! 무슨 일이야?"

시계를 보며 자리에서 일어나 앉은 소영은 본능적으로 사태의 심각성을 눈치 챘다.

"네, 언니. 죄송한데 존슨에게 전화 좀 해주세요. 누가 밖에서 문을 열려고 하고 있어요. 벌써 10분도 더 지난 것 같아요"

"잠깐만 있어 봐요. 존슨이 바로 올라간다 했어요."

도움을 준 소영은 세 남매를 데리고 미국에서 아이들을 공부시키다 좀 더 안전하고 아이들을 키우기 좋은 캐나다로 옮겨온 장기 유학생 엄마였다. 10여 년 동안 미국과 캐나다에서 살아온 탓에 현지인 수준의 영어를 구사하고 있었다. 영어를 못하는 부영에겐 큰 언덕이었다.

곧 상황은 정리되었다. 위층에 사는 백인 남자가 술에

취해 새벽에 귀가하던 중 자기 집으로 오인함에 일어난 일이었다. 사과하겠다고는 했지만, 부영은 그마저도 싫어 거절했다.

그렇게 오늘의 새벽기도는 무산이 되었다. 그런 일이 있었는데 아이들만 두고 새벽기도를 갈 수 없었고 그 아이들을 깨워 새벽기도를 갈 수도 없었다.

다시 잠들지 못한 부영은 책상에 앉았다. 오늘도 해야 할 과제가 산더미였다. 과제가 많은 것은 기쁨이었다. 단지 그걸 다 할 수 없을까 두려웠고 꿈이 무산될까? 겁이 날 뿐이었다.

한숨

"부영 씨, 정말 가야겠어요? 두 달만이라도 더 있으면 마무리 되고, 그러면 그때는 내가 대신 접수해 줘도 되는데! 그러면 좋겠는데…."

샤인의 안타까움은 자기 일인 듯 절절했다. 하지만 너무 어두워진 부영을 보며 더는 잡을 수 없다는 걸 알고 말았다.

"죄송해요. 다시 오더라도 가기는 해야 할 듯해요."

마음은 철근을 씹어 삼킨듯했다. 부영은 숨 쉬는 게 힘들어져 갔다.

제석의 재촉과 준서의 간절함이 부영을 기어이 흔들었다. '그래 가서 담판이라도 지어야지. 아냐, 가서 뭔 담판을 짓겠어? 이길 수나 있고?' 길어진 한숨이 발을 잡았다.

얼마 전 부산에 계시는 친정엄마의 통화 후 언니에게 전화했었다. 미국에 있는 언니에게 도와달라는 부탁하기 위해서였다. 어머니를 설득하는데, 언니의 힘만큼 큰 건 없다고 생각했다. 이 또한 간절한 고민 끝에 어쩔 수 없이 첨이자 마지막이라 여기고 한 부탁이었다.

그러나 결과는 같았다. "나는 책임 못 진다."라는 밑도 끝도 없는 짧은 말을 남기고 서둘러 전화를 끊어버린 언니에게 더는 어떻게 할 수 없다.

어린 시절부터 뭔가를 하고 싶다는 생각이 들어 그것을 실행에 옮길 시기마다 이상하리만큼 온 가족은 반대했었다. 이유는 여러 가지였다. 전통찻집 아르바이트는 다방레지 짓거리라고, 자취는 위험하다고, 중견업체 회장실 비서직은 신세 망친다고 반대했다.

항상 그런 식이었다. 학습지 교사도 방문하는 특성상 위험하다 반대할 정도였으니 학교라도 다니게 해준 게 신기할 정도였다. 부모님은 물론 동생까지도 항상 쌍수를 들어 길을 가로막았다.

하지만 그때마다 언니는 찬성도 반대도 하지 않았다. 정확하게 말하면 관심 자체를 주지 않았다. 그래서 어쩌면 이번에는 자신을 위해 말 한마디는 거들어 주겠거니 했다. 착각으로 판명하기는 했지만, 마지막 기대를 언니에게 걸었던 거였다.

함께 닭집을 한다면 이혼도, 부산에 사는 것도 용납하겠다는 친정어머니의 눈에는 부영의 꿈도 미래도 관심이 없어 보였다. 그렇다고 갓 시집 간 동생에게 아이들을 맡기고 제석과의 단판을 할 수도 없다.

도움을 청할 곳이 더는 없다. 숨 막히게 신났던 길은 이제 무거운 한숨으로 길어지고 두려움이 되고 있었다. 첫사랑은 이뤄지지 않고 첫 꽃은 빨리 시들 듯, 첫 꿈마저 그렇게 될 것 같은 불길함에 안절부절못하는 날이 많아졌다.

#07
아름다운 날

나락

밴쿠버의 여름은 덥다기보다는 상쾌함으로 이름 지어졌
다. 아이들을 썸머 캠프에 보냈다. 이번 학기를 끝으로 다
시 제주로 가야 하는 아이들을 위한 마지막 선물이기도
했다. 여러 날을 사정하고 부탁한 말을 귓등으로도 듣지
않은 제석은 기어이 부영과 아이들을 제주로 불러들였다.

그래서일까? 선심이라도 쓰듯 아이들이 썸머 캠프에 갈
경비를 보내왔다. 그리고 웬일인지 부영에게도 얼마의 돈
을 보냈다. 쇼핑도 하고 놀다 오라며!

아이들을 버스에 태워 보내고 돌아서는 부영의 마음에
서 뭔가 툭 떨어졌다. 아이들을 캠프로 보낼 때 가방 두 개
에 각각의 짐을 챙겼다. 옷가지와 준비물 그리고 아이들이
좋아하는 간식을 넣었다. 씻겨 놓은 아이들은 옷을 입다

장난 치다를 반복했다.

준수와 준서 캠프 가방이 완성되자 옷을 입혔다. 준수에게는 노란색에 파란색 무늬가 들어간 파카까지 입히고 머리에 노란 털모자까지 씌웠다. 준서를 불렀다. 빨간 파카에 파란 무늬가 들어간 파카와 빨간 털모자를 씌웠다.

"가서 선생님 말씀 잘 듣고 친구들이랑 사이좋게 지내. 알았지? 준서는 돌 던지지 말고… 응?"

처음 이곳 학교 적응이 힘들었는지 운동장에서 돌을 던지다 다른 아이가 맞았고 영어가 서툴렀던 준서는 그걸로 싸움이 났었다. 그 일로 부영은 학부모 상담을 받았고 준서도 따로 상담을 받아야 하는 일이 있었다. 지금은 적응을 잘해 그런 일이 없었지만 새로운 곳에 가는 만큼 걱정이 되었다.

"걱정 마. 엄마, 내가 잘 챙길게."

준서 대신 준수가 대답했다. 준서는 형 옆에서 고개를 끄덕이곤 가방에 있는 간식을 꺼내 물었다.

"간식 맛있어요."

사교성 좋고 잔정 많은 준서는 재석을 많이 닮았다. 그래서 걱정이었다. 저러다 사춘기를 지나 어른이 되어 재석처럼 될까 봐 겁이 났다. 차분한 준수가 있어 다행이긴 했지만, 아빠 사랑에 소외된 준수가 너무 일찍 어른이 된 것도 안타까웠다.

아이들을 보내고 소파에서 잠이 든 부영은 어느 샌가 길을 걷고 있었다. 모두가 자신을 보고 있었다. 멋진 샐러리맨들도 자신을 보려고 고개를 돌렸고 하늘거리는 나비가 날아왔다.

자신을 보았다. 평소 입던 낡아빠진 츄리닝이 아니었고 후줄근한 청바지도 아니었다. 날아갈 듯이 한 시폰 원피스를 입고 있었다. 그리고 눈을 떴다. 다시 눈에 들어온 건 길거리가 아닌 휑한 집이었다.

부영은 지갑을 챙겨 거리로 나갔다. 아이들을 맞이하던 정류장 앞에 있는 옷 가게를 향했다. 진열장에 검은 시폰으로 만들어진 원피스가 보였다. 탈의실에서 원피스로 갈아입었다. 옷가게 안에서 옷을 고르던 백인들의 찬사가 들렸다.

100달러짜리 밥솥도 환불하고 주운 전기밥솥을 쓰던 부영은 100달러 지폐 2장을 꺼냈다. 원피스와 함께 신을 검정 샌들을 샀다. 입고 있던 옷은 버려둔 채였다.

버스가 도착했다. 무표정 대신 미소를 지었다. 수업재료를 사느라 과제를 하느라 스치던 거리를 걸었다. 시폰의 끝자락이 바람처럼 살랑거렸다. 백화점의 명품 앞에 멈췄고 향수를 샀다. 장미향이 진한 향수였다. 선 채로 향수를 듬뿍 뿌리자, 발바닥이 얼얼한 게 느껴졌다.

다시 걷자, 샤인 클라스가 보였다. 벅스로 들어갔다. 초록색 마크가 찍힌 머그잔을 받아들었다. 검은 커피는 하얀 유리잔을 눈부시게 했다.

워크맨을 꺼냈다. '…너를 잊을 순 없지만 붙잡고 싶지만…' 제주에서 떠나올 때 가지고 간 테이프가 음악이 되어 흘렀다. 창밖으로 펼쳐진 녹음에 현실감이 느껴지지 않았다. 커피의 검음만이 지금인 것 같았다.

여름의 밴쿠버는 백야를 지녔다. 저녁을 훌쩍 넘어 밤으로 가는 지금도 해가 남아 있었다. 암울한 밝음 희미한 어둠이 유달리 좋았다.

그런데 사이즈 커피를 다시 주문하고 그곳을 떠났다. 하늘거림이 되어갔고 저녁노을이 되고 있었다.

검은 커피는 '사라지고 싶다!'는 생각이 되어 머리를 꽉 채웠다. 발은 계속 움직이고 있었다. 아이들도 제석도 친정도 부영의 머릿속을 비집고 들어오지 못했다.

혼자의 밤

시간을 보지 않았다. 아이들이 없는 텅 빈 방문을 열었다. 닫친 거실 창으로 뻥 뚫린 하늘이 보였다. 싸구려 커튼이 눈에 들어왔다.

문들을 하나하나 열었다. 하나하나의 바람이 들어왔다. 한숨으로 텔레비전을 켰다. 소파에 누인 몸은 깊은 곳으로 빠져들었다.

욕조에 잠긴 주검이 보였다. 아이들이 떠올랐다.

욕조에 잠긴 주검이 눈을 떴다. 하지만 곧 다시 눈을 감은 주검은 욕조 밑으로 사라졌다.

'헉!' 몸은 물에 빠지기라도 한 듯 푹 젖어있었다. 눈으로 아침 햇살이 들어왔다. '꿈이었어…. 언제 방으로 온 거

야!'

아이들의 매트리스에서 일어난 부영은 부엌으로 갔다. '분명 소파에서 잠들었는데…?' 커피 메이커에 원두 가루를 넣고 스위치를 켰다. 커피 향이 피어올랐다. 마루 한켠의 전신거울로 검은 원피스를 입은 헝클어진 여자가 보였다.

'커피부터 마시자.' 투두둑 떨어진 커피를 머그잔에 따르고 베란다로 갔다. 좁은 베란다의 작은 철제의자가 비틀거렸다. 쓰러지지는 않았지만, 바닥과 평면이 맞지 않았는지 끄덕거렸다.

무심히 커피를 마셨다. 먼 저기가 보였다. 아이들은 내일 온다. 부영은 오늘도 혼자만의 밤을 보내야만 한다. 제주로 돌아가기로 한 뒤부터는 하던 작업에서 손을 놓았었다.

욕실로 들어간 부영은 나오지 않았다.

유학촌

"준수 엄마는 혼자 뭐가 그리 바쁜 거예요?"

아파트 입구에서 만난 수민 엄마는 찬서에게 부영을 물었다.

"글쎄 말이어요."

별말을 하고 싶지 않았다. '공부도 못해, 운동도 못해. 수민이나 신경쓰지…. 체!' 비웃음을 웃음으로 위장한 찬서는 수민 엄마와 서둘러 현관문을 열었다. 그때 엘레베이트 문이 열리며 소영이 나타났다. 화려한 꽃무늬 원피스를 입고 있었다.

"영주야~ 우리 씨워크나 걸을까?"

소영의 큰아들은 이미 미국 명문대에 입학이 결정된 상태고 둘째 딸도 파슨스를 목표로 샤인 클래스에서 포트폴리오를 제작하고 있었고 영주와 수민과 같은 학년인 막내 아들까지 최상위 성적을 보이는 소영은 이곳의 상위 권력자였다.

"네 그렇지 않아도 저도 가려고 나오는 길이에요. 씨워크! 어쩜 언니랑은 텔레파시도 통하나 봐요. 하하."

찬서 남편 준기는 아들 영주의 성적에 민감했다. 아니 민감이라는 말로는 설명이 되지 않을 만큼 지극한 관심과 강압을 주고 있었다. 아들들의 성적과 학습 상태를 매주 메일로 보고 받았고 결과가 마음에 들지 않으면 생활비를 삭감했다. 그건 돈 쓰는 것이 유일한 낙인 찬서에게 가장 큰 형벌이었다.

오래된 아파트에서 벗어나 수미가 사는 고급 맨션이나 단독주택으로 이사를 하려면 남편 준기의 비위를 맞춰야 했고 아들의 성적을 최상위로 만들어야만 했다. 그러기 위해서는 많은 정보가 필요했고 그 중심이 소영이었다.

"언니, 같이 가요! 우리 걷고 나서 맛있는 것 먹으러 가요. 아이들도 없는데 오랜만에 우리끼리 외식이나 해요."

한낮의 눈부심이 아름다웠다. 게 낚시하는 곳에 있는 벤치에 앉았다.

"개운해."

소영은 벤치에 몸을 기대고 다리를 쭉 뻗었다.

"그렇죠, 이곳은 여름이 제일 좋아요."

비위를 맞추며 애교를 부리던 찬서는 말했다.

"언니, 오늘 저녁 어디 좋은 데라도 갈까요? 시내 가서 식사하든, 저번에 이야기한 클럽을 가든…."

찬서의 노력은 애처로웠다. 대답 대신 벤치에서 일어난 소영은 집으로 방향을 잡았다. 아파트 입구에 도착하자 소영은 부영에게 전화를 걸었다. 한참이 지나서야 전화기 너머 모기만 한 목소리가 들렸다.

"네, 언니."

기운이라곤 일도 없었다.

"우리 집으로 와."

그 말만 하고 전화를 끊은 소영은 바로 집을 향했고 찬서가 그 뒤를 따랐다. 소영은 고기를 굽고 밥통에 있는 밥을 공기에 떴다.

"냉장고에 반찬 있어."

고기를 굽던 소영은 가만히 서 아무것도 하지 않는 찬서를 다그쳤다. 부영이 올라왔고 소영은 부영에게 밥을 먹이려 했지만 고기도 밥도 부영은 입에 넣지 못했다. 줄어들지 않은 밥상이 치워지고 당근케이크와 초코 머핀이 차려졌다. 부영은 초코 머핀 한 조각을 베어 물었다.

"그래, 이거라도 먹어요."

소영의 눈이 반짝였다. 하지만 거기까지였다. 더는 부영의 입에는 아무것도 들어가지 않았다. 소영의 걱정에 눈꼬리가 내려갔고 찬서는 빼딱해졌다.

감사를 표시하고 부영은 집으로 돌아갔다. 그때 같이 나온 찬서가 기어이 한마디 하긴 했지만, 부영은 기억나지 않았다. 아니 들리지 않았다. 찬서에게 미안하다는 마음이 들 뿐이었다.

욕심은 많지만 그래도 찬서는 정이 많았다. 덕분에 꿈을 찾았고 고마운 게 많은 친구였다. 찬서가 아니었다면 소영 언니와도 지금처럼 친해지지 못했을 것이다. 수미 엄마도 만나지 못했을지 몰랐다.

제석 같은 사람이 지금의 부영에게는 벅찬 것뿐이었다.

#08

끝
자
락

만찬

부영이 제주로 돌아간다는 소식이 유학 촌에 퍼졌다. 소영에게는 직접 알렸지만 그렇다고 헤어짐을 위한 뒤풀이 이런 걸 할 시간이 부영에게는 없었다.

소영도 늦게 찾은 꿈으로 바쁜 일정을 보내는 부영을 방해할 생각이 없었다. 요란스러운 환송회 대신 아이들이 캠프에 간 사이 밥이라도 먹이겠다는 계획을 한 것뿐이었다. 늦은 아침, 뱃속에 커피만 쏟아 붓고 있을 때 부영은 전화를 받았다. 소영 언니였다. 어서 올라오라는 말만 하고 전화는 끊어졌다.

"어서, 먹어. 이것도 좀 먹고….”

고기며 김치까지 반찬이란 반찬은 다 부영 앞에 가져다 놓았다.

"영주야, 국 좀 떠와. 건더기 듬뿍해서….”

소용 눈치에 뒷정리를 하다 이제 겨우 식탁에 앉으려는 찬서는 국을 떠야만 했다.

"이것도 좀 먹어. 얼마 전 남편이 올 때 가져온 보리굴비 장아찌야."

빨간 굴비 장아찌를 부영의 하얀 밥 위에 얹었다. 따끈한 김이 오르는 하얀 쌀밥이었다. 식탁에 앉은 부영은 가만히 있을 뿐이었고 찬서는 그게 꼴사나웠다. '체, 지가 뭐라도 된 줄 아나? 그럼 그런다고 까불더니 예술가 나셨네! 나셨어. 빨리 밥이나 처먹지, 뭐 하고 있는 거야?' 국을 떠오는 찬서의 눈이 비뚤어지고 있었다.

"나도 아이들하고 유학 오기 전에 하고 싶은 게 있어 미치는 줄 알았어! 비오는 날 집 밖에서 무릎 꿇고 통곡까지 했다면 말 다 한 거 아니겠어? 그때만 생각하면….”

그렇게 시작된 언니의 이야기는 이랬다. 대학 때 졸업 대신 첫눈에 반한 남편과 결혼한 언니는 집안 좋고 잘생긴 남편이 좋았다고 했다. 그때는 학교 같은 건 아무것도 아니었다 했다.

하지만 아이를 키우고 살림만 하는 자신의 신세가 처량해졌고 남편에게 사정해 마저 학교를 졸업했지만 더 이상의 사회생활은 시댁에서도 허락하지 않았고 며느리 노릇만 강요당했다 했다.

그렇게 윤소영 자신은 포기하고 아이들을 키웠고 또 그러다 보니 자식 키우는 재미에 빠지기도 했다고…. 그렇게 자기가 뭐였는지 꿈같은 게 있었는지 잊었을 때쯤 명동 거리를 걷다 친구의 개인전을 발견했다고 했다. 친구의 그림을 보는 순간 자신보다 못하다고 여겼던 친구의 그림에 충격을 받았고, 그 길로 다시 그림 그리겠다고 선포했다가 집에서 쫓겨날 뻔했다고 했다.

꿈 찾기는 잦은 싸움이 되었고 부부관계도 소원해졌고 이혼 대신 선택한 게 아이들 유학이었다고 했다. 그렇게 미국으로 갈 때는 자신의 꿈도 다시 이루겠다는 야망이 있었지만, 지금은 그때의 선택을 후회한다고 했다.

혼자서 아이들을 키우며 꿈도 이룬다는 건 너무 힘들었다고 그래서 결국 자기 손으로 꿈을 버렸다고 이제는 그림을 구경하는 것만으로도 충분하다 했다. 알고 보니 그때는 못 한 그리움에 착각한 거라 했다. 괜히 남편과 멀리 떨어지며 고생만 했다고도 했다.

"부영 씨, 그런 거야. 여자들의 꿈이란 건 그런 도움도
되지 않는 헛된 사치품일 뿐인 거야. 너무 힘 빼지 말고 적
당히 해요. 그러다 더 큰 걸 잃을 수가 있어. 우리에겐 아
이들이 우선이잖아."

밥 대신 소용의 충고만 잔뜩 먹은 부영은 어지러웠다.
'그래, 그게 맞을지도…. 하지만 그렇다고 이걸 놓으면 정
말 죽을 것 같아.' 소영의 마음도 부영을 위로하진 못했다.

계속 다그쳤다간 체할 게 뻔한 부영 대신 소영은 찬서에
게 음식을 권했다.

"내가 했지만 정말 맛있다. 많이 먹어."

자신도 챙겨주자, 찬서는 기분이 좋아졌다.

"언니, 너무 맛있다. 언니한테 요리라도 배워야 할까 봐
요."

찬서의 속내가 뻔했지만 그래도 단순한 게 속이 환히 보
이는 욕망덩어리 찬서의 호들갑이 싫지 않았다. '허튼, 요
란스럽긴. 그래도 만만하기는 해.'

결국 밥알 구경만 한 부영은 자리에서 일어났다.

"죄송해요. 언니 머리가 아파서 쉬어야 할 것 같아요."

부영은 두통을 핑계로 이미 현관문을 열고 있었다.

마지막 밤

소영 집을 서둘러 빠져나와 집에 들어선 부영은 아이들의 침대에 몸을 누이더니 쓰러지듯 잠이 들었다. 그사이 해는 졌고 아련한 하늘이 창밖으로 보였다. 시계는 10시를 가리키고 있었다.

부영은 캄캄하지도 밝지도 않은 애매한 어둠을 지나 네온으로 빛나는 다운타운 시내로 갔다. 불빛에 홀린 부나방처럼 거리를 헤매던 부영의 발걸음은 클럽 앞에는 멈췄다. 영화처럼 덩치 큰 사내들이 입장을 기다리는 선남선녀들을 줄 세우고 있었다.

멋을 낸 여자와 남자들의 시시덕거림, 서로를 탐하는 눈빛, 매력과 사이키 조명이 사방으로 흩어지는 클럽 안에 검은 치장을 한 동양인 여자가 나타났다. 부영이었다.

시끌벅적했다. 알지 못하는 노래가 쿵쾅거렸다. 맥주병을 든 다른 이들과는 달리 부영의 손에는 맥주가 들려있지 않았다. 단지 음악에 몸을 의탁할 뿐이었다. 젊음으로 북적거리는 클럽 안에서도 부영은 혼자였다.

마음

집안을 치우고 아이들 음식을 하는 부영의 얼굴에 생기는 없었다. 단지 서둘러 모든 것을 하는 기계 같은 진지함만이 있을 뿐이었다.

유부초밥과 립이 완성되었고 집안은 따뜻한 온기로 채워졌다. 밖에서 아이들의 목소리가 울렸다. 준서 목소리에 반사적으로 부영은 문을 열었다.

"어서 와, 우리 애기들."

양팔을 펼쳐 아이들을 감싸 안았다.

"어서 씻고 밥 먹자. 배고팠지?"

아이들을 욕실로 넣고 유부초밥과 함께 먹이려 끓여놓은 북엇국에 가스 불을 올렸다. 따뜻한 점심이었다.

아이들이 욕실에서 나와 식탁으로 와 앉고 부영은 데워진 국을 뜨고 오븐에 넣어 놓은 립을 꺼내 식탁 중앙에 놓았다. 먹음직한 비주얼에 군침 도는 냄새였다. 노란 유부초밥과 노랗게 맑은 북엇국은 누가 봐도 세트였다.

"엄마, 우리도 없고 무섭지 않았어?"

준서가 먼저 부영에게 말을 걸었다. 손은 입으로 가 있으나 눈은 엄마를 향하고 있다. 준수 입은 유부초밥으로 가득했다.

"맛있다!"

아이들 입에 먹는 것 들어가는 것 지금이 행복하기는 했다.

소영 언니 말이 생각났다. '그래, 그럴 수도! 이렇게 이곳에서 영원할 수만 있다면!' 하지만 알았다. 이렇게 계속 제석과 떨어져 있을 수 없다는 걸 꿈을 찾지 않으면 다시 제석에게 돌아가야 한다는 걸 부영은 알고 있었다.

희망

"포트폴리오는 마무리는 해야죠!"

샤인의 눈빛이 엄중했다.

"네, 이곳에 계속 있지 못해요."

부영은 쇳덩이를 삼킨듯했다.

"이번 달 한국으로 갈 것 같아요."

"네, 그랬군요."

또다시 정적이 일었다. 샤인은 뭔가를 골똘히 생각하다 자신의 책상으로 가 서랍에서 뭔가를 꺼냈다.

"이거…."

명함이었다. 연락처와 주소 그리고 계좌번호가 적혀있었다.

"제주 가서 포트폴리오 보내세요."

부영의 심장이 다시 뛰었다. 그날로 다시 잠을 잊었다. 일러스트 세 개를 2일 안에 마무리해야만 한다는 조급함에 잠을 잘 수도 없다.

급한 마음에 기존의 일러스트와 잡지를 뒤적이며 자료가 될 만한 것들은 닥치는 대로 모으고 밤새워 스케치했다. 하지만 마음에 들지 않았다. '이래선 갈 수 없어' 절망에 가슴이 저릿했다.

부영의 몰골은 심각해졌다. 눈은 퀭하고 몸은 굽었다. 그래도 마지막 희망을 사그라지게 둘 수는 없었다. 모든 신경을 집중시켰지만 좌절은 계속되었다.

'이렇게 포트폴리오를 만들 순 없어. 분명 선생님께 한소리를 들을 거야.' 오늘이 마지막 수업이었다. 한 주 동안 그린 일러스트는 부영 마음에도 들지 않았다. 그냥 찢어버리고픈 마음이었지만 그래도 보여야 했다. 불편한 마음으로 버스에 올랐다. 하늘은 여전히 맑았고 버스도 막힘이 없었다.

한 정거장 미리 내려 공원을 한 바퀴 돌았다. 꽃과 푸르름은 절정을 이루고 있었다. 밴쿠버의 여름은 역시 아름다웠다. '이곳에 다시 올 수 있을까?' 급하게 피어오른 불꽃은 급히 사그라지나 보다! 부영의 걸음은 땅으로 꺼지고 있었다.

샤인은 말을 잇지 못했다. 도저히 포트폴리오에 올릴 일러스트가 아니었다.

"시간이 필요할 것 같아요. 이것은 낼 수가 없는 거 알죠? 조급해하지 않아도 돼요. 이번 여름에 접수하지 못하면 겨울에 접수하면 돼요. 한 학기가 뒤로 연기되는 거긴 하지만 그때 가는 경우도 많아요. 그동안 하던 만큼만 하면 충분히 합격할 수 있어요. 혹여 결과가 좋지 않다면 이곳 패션스쿨에 지원해도 되지 않겠어요? 분명한 건 부영 씨는 이 길로 가길 바라고 그럴 능력이 된다는 거예요. 포기하지 말아요!"

부영은 샤인의 말이 자신의 마음에는 겉돌고 있다는 걸 느꼈다. 샤인이 교수로 가게 된 밴쿠버 패션 스쿨에 가는 방법도 있었고 그러면 아이들의 학비도 해결될 수 있었다.

여기서는 유학생 엄마의 아이들은 학비가 면제되었다. 최고의 답이었다. 하지만 뉴욕에 정신이 나간 부영에게는 성에 차지 않은 차선이었다.

그러나 그 또한 제석과의 담판이 성공하지 않는다면 답이 될 수 없었다. 아르바이트와 수업에 양육까지…. 부영은 자신이 없었다. 아니 부영 스스로 모든 것에 자신을 잃어가고 있었다. 부영은 강박증 환자처럼 그 꿈의 형태에 집착하기만 했다.

　어쩜 꿈은 이미 깨어지고 있는지 몰랐다. 껍데기만 남은 꿈은 부영마저 텅 비워내고 있었다.

#09

보이는 끝

마지막 날

"엄마 다녀올게. 누가 와도 문 열어 주지 말고 나가지 말고. 알았지?"

준수, 준서에게 하는 마지막 당부였다.

오늘은 비행기를 타야 했다. 두 시에는 공항으로 출발했다. 지금은 오전 10시, 이삿짐을 싸기도 바쁜 시각이었지만 마지막 제출을 하러 부영은 샤인 클라스로 향했다.

시선에는 초점이 보이지 않았다. 핏기도 사라졌다. 계속된 실패로 멘탈이 엉망이 되어버린 부영은 마지막 힘을 짜내어 다시 세 개의 일러스트를 완성했다.

또 마음에 들지 않았다. 분명 '다시'라는 말을 들을 게 분명했다. 그럼에도, 가져가야 했다. 샤인에게 혼이라도 나야 다시 정신이라도 차릴 것만 같았다. '그래, 그래야만 해. 샤인이라도 보면 숨이라도 쉬어질 것 같아!' 부영은 샤인에게 그림을 내밀었다.

"저, 오늘 가요. 이건, 아닌 것 같지만 보여 드리긴 해야 할 것 같아서요."

그림을 보는 샤인은 아무 말이 없었다. 단지 잘 가라고 만 할 뿐이었다.

"네, 포트폴리오 보내시고요. 보내실 때 접수비 동봉하는 것 잊지 마시고요."

샤인은 부영을 이해할 수 없었다. 왜 재능을 가지고 이렇게 고민하는지 자신도 가정이 있고, 엄마지만 도대체 어떤 상황이기에 자신의 꿈에 이렇게나 집중하지 못하는지 화가 났다. 할 수 있는 사람이 하지 않고 징징거리는 것만 같았다.

"처음처럼만 그려요. 늦겠어요. 가요."

부영은 샤인 클래스 옆 벅스로 갔다. 그란데 사이즈 아메리카노를 주문하고 진열장을 봤다. 크고 먹음직스러운 시나몬 롤이 보였다.

"이것도 하나 주세요."

부영도 이제는 이 정도 회화는 자연스러웠다. 달콤한 쌉

쌀함이 입안을 깨웠다. 하지만 거기까지였다. '가야지?' 자리에서 일어나는 몸이 무겁기만 했다. 분명 재료상을 뒤지고 지친 몸으로 먹은 그때의 시나몬 놀과 그리 다르지 않았다.

그런데도 그때의 느낌은 느껴지지 않았다. 부영은 다시 절망했다.

전날

내일이면 이사다. 어둠 속에 쭈그리고 앉아 생각에 잠겼다. 아이들은 잠들었다. 집은 어수선했다. 이사할 짐은 대부분 이민 가방에 실었지만, 얼마 전부터 청소는 하지 못했고 먼지가 곳곳에 널려있었다. 쓰레기도 차고 넘쳤다. 아직 다 싸지 못한 짐은 마지막 남은 이민 가방에 넣어야 했다.

마지막 일러스트는 그리다 말았다. 책상은 물감과 색연필로 어지러웠다. 멍한 부영은 옷을 입은 채로 욕조로 들어갔다. 순간 사라지고 싶었다.

새벽이 왔다. 젖은 상태로 머리에 수건을 얹고 손에 수건을 두르고 일러스트 마무리에 박차를 가했다. 마음에 들지 않은 또 하나의 그림이 완성되었다. 부영의 입가에 쓴

웃음이 지어졌다. 다시 커피를 내리고 속에 그걸 또 한없이 부었다. 잠과 밤은 그렇게 사라졌다. 아이들이 자는 소리에 텔레비전을 켰다. 아이들의 숨소리보다 텔레비전 소음이 마음을 편하게 했다.

부영의 통통하던 볼은 이미 광대를 사정없이 드러내고 있었다. 테라스로 갔다. 젖은 몸에 바람은 스산했다. 테라스 아래를 보니 사람이 두려움을 느낀다는 그 정도 높이였다. 멀리 다른 아파트의 불빛과 더 너머에는 부자들만 산다는 주택가 불빛이 보였다. 저곳에는 한국의 모 정치가의 아들도 산다는 소문이 있었다. 집에 엘리베이터도 있고 수영장도 있는 집이 널렸다고 했다. 부영은 그런 게 부러웠던 적은 없었다.

하지만 꿈도 이루지 못한다면 그 대가로 저 정도는 돼야 하지 않을까 하는 생각이 스치기는 했다. 그리고 더 멀리 시선을 돌리자 바닷가 멀리 절벽이 보였다.

그리고 그 끝에서 하늘을 보자 별 하나가 보였다. 유난히 반짝이고 있었다. '저 별이 되고 싶다!' 하염없이 별을 보았다. 사춘기 때조차 한 번도 별을 보며 그런 생각을 한 적이 없던 부영이었다. '난 여기서 죽고 싶어. 여기서 죽어

저 별이 되고 싶어.'

생각은 한발 더 나아갔다. '꿈을 이룬다면 저 절벽에 통
창으로 된 집을 짓고 혼자 살 거야 나 혼자서. 그리고 죽어
저 별이 될 거야.' 생각은 구체적으로 진화하고 있었다. 꿈
을 이룰 수 있을까 하는 절망에 생각은 진화를 멈추고 퇴
화의 길로 접어들었다.

공항

늦지 않게 도착했을까? 불안했다. 이민가방 두 개를 겨우 끌어당겼다. 가방을 부치고 티켓을 발권하고 좌석을 챙겼다. 뭔 정신으로 그 모든 걸 했는지 하는 족족 기억에서 사라졌다. 다리가 후들거렸고 입은 바짝 말랐지만, 아이들을 지키는 두 눈만은 기를 쓰고 있었다.

"이제 들어가면 되는 거죠?"

공항 직원에게 한 번 더 확인하고 안심하려는 그때 움먹이는 준수가 부영의 손을 꽉 잡았다.

"엄마, 준서 옷에 쉬 했어."

준서의 바지 밑은 이미 다 젖어 있었다.

"화장실 가자."

다시 정신이 나가버린 부영은 화장실로 아이들을 데리

고 들어갔다. 휴대 가방에서 수건을 꺼낸 부영은 화장실에서 더운 물을 수건에 적셔 준서를 닦았다. 젖은 바지는 비닐에 담아 가방에 넣었다. 양손으로 준수와 준서를 꼭 잡았다.

이제 비행기를 타고 다시 제석을 만날 것이다. 정말 기적이 일어날까? 제석이 나의 소원을 들어줄까? 어림도 없다, 라는 좌절의 답만 그 뒤를 이어갔다.

붕어빵 데이트만으로도 다정했던 제석은 뭐라도 해낼 것 같았다. 제주에서라면 널 먹여 살릴 수 있다는 제석의 말에 기회를 주고 싶었던 부영이었다.

나만 잘하면 된다 생각했다. 그래서 희망도 설렘도 컸었다. 결혼 한 달이 좀 넘어 물난리가 나고 임신이 되고 제석의 광분이 깨어나면서부터 그게 아니라는 걸 느끼기 시작했다.

하지만 설마의 마법에서 깨기까지는 아주 오랜 시간이 걸렸었다. 뜻대로 되지 않는 현실을 술로 달래고 그 뒷감당은 부영에게 퍼부었다. 술이 깨고 나면 없는 형편에 부영이 먹고 싶다는 것을 먹였고 그럴 상황이 되지 못하면

술자리에 데리고 가서 고기를 먹였다.

그리고 술이 취하면 다시 부영에게 광분을 쏟았다. 실감나지 않은 현실은 두려움보다는 의아함을 주었고 내가 잘해야겠다는 생각으로 도망쳐 최선을 다했다.

친정어머니의 가르침대로 남자가 일이 풀리지 않을수록 여자는 살림에 더 신경 써야 한다 해서 그러했고 하늘의 해가 둘이 아니니 여자가 나서면 남자 일이 더 안 풀린다 해서 교사자격증이 있었음에도 임신한 몸으로 살림만 살았다.

취한 제석을 돌봤고 그가 일하고 오면 발도 씻겨주었다. 그럴 때면 제석은 장난처럼 무릎을 꿇어라 손을 들으라 했고 부영은 진짜 그렇게 했다 그러면 제석은 다른 요구를 했고 부영은 그 요구를 들었다. 그래도 그의 광분은 한결같았다, 그렇게 신혼이 끝났었다.

'다시 그 소굴로 들어가는구나!' 대기실이 보였다. 그래도 아직은 밴쿠버였다. 제석이 없었다.

이사 이후

"얘는 집을 이 모양 해놓고 이사를 간 거야! 아침부터 나갈 때 알아봤어."

텅 빈 부영의 집은 어수선했다. 찬서는 집 꼴을 보고 짜증이 났다. 소영이 들어왔다. 엉망인 집 안을 둘러보던 소영은 쓰레기를 한옆으로 치웠다.

"준수가 정리 부탁하며 준 돈 줘봐"

소영은 찬서를 향해 얼굴이 아닌 손을 내밀었다.

"예, 여기요"

떨떠름한 찬서는 호주머니를 뒤져 하얀 봉투를 꺼냈다.

"존슨 불러."

하지만 전화가 안 된다면서 전화만 걸고 있는 찬서에게 짜증이 났다.

"찬서야!"

"아, 네! 해요, 한다고요."

잠시 후 아파트 관리를 담당하는 존슨이 올라왔다.

"존슨, 죄송해요."

사과로 말을 시작한 소영은 부영의 사정을 다시 한 번 더 이야기하며 봉투를 내밀었다.

"넉넉히 담았어요. 부탁드려요."

존슨은 말이 없는 사람이었다. 백인이고 덩치가 컸다. 묵묵히 고개만 끄덕이고 바로 청소를 시작했다. 이미 청소할 준비를 하고 왔던 차였다.

다시 당부한 소영은 존슨에게 부영이 살던 집을 맡겼다.

"지금쯤 비행기 안이겠지? 가서 잘 견디려나?"

시간은 오후 4시가 지났다. 긴 여름 해 덕분에 밴쿠버는 한낮 같다. 소영은 찬서와 씨워크를 걷다 공원에 있는 작은 미술관 근처로 갔다. 윤정이 보였다. 찬서는 윤정을 알아보고 깜짝 놀랐다.

"언니, 여긴 어쩐 일이에요? 아, 아 언니 집도 여기 웨밴이죠?"

윤정이 웨스트 밴쿠버의 쇼핑센터 로얄쇼핑 앞에 있는 고급 빌라에 산다고 했던 말이 기억나며 윤정이 더 반가 웠다.

'그래, 그랬어! 그림 전시도 가끔 하는 유한마담이지. 돈 도 꽤 많을 걸?' 윤정에 대한 정보가 정리되며 찬서의 눈 은 소영을 잊은 듯했다. 미술을 전공한 찬서는 같은 전공 을 한 부자 윤정에게 가고 있었다.

"저녁이나 먹자."

윤정에게 빠져있는 사이 소영의 목소리가 들렸다.

"부영은 잘 갔겠지?"

윤정이 소영에게 하는 말이었다. 찬서는 놀라고 있었다. 소영과 윤정은 아는 사이였다!

"다시 오면 좋으련만…. 저기 이탈리안 레스토랑에서 간 단하게 먹자."

앞장을 선 소영은 근처 식당으로 들어갔다. '뭔 상황이 야? 둘이 아는 사이야? 아, 어떡하지 윤정 언니 앞에서 부 영 욕을 엄청나게 했는데 소영 언니 욕까지…. 하, 모르겠 다.' 뒤를 따르던 찬서의 머릿속이 빠르게 움직였다. 창가 자리에 앉은 소영은 해물이 들어간 오일 파스타와 마르게 리타 피자를 주문했다. 자주 먹던 메뉴였다.

"또 이거야?"

윤정은 항상 같은 메뉴를 주문하는 소영을 보며 눈을 흘겼다.

"왜, 다른 것 먹을래?"

표정이 없는 소영은 윤정을 보며 메뉴판을 다시 뒤적였다.

"됐어, 네가 뭔 입맛이 있겠니? 먹던 거라도 먹어야, 그나마 좀 먹겠지? 입도 짧은 애가!"

친근하게 소영을 챙기는 윤정은 미리 나온 음료를 마시며 창밖을 봤다. 상큼한 레모네이드다. 노란색이 침침한 분위기를 조금은 밝히는 것 같았다.

"난, 이거만 보면 부영 씨 생각이 나. 커피만 마시는 줄 알았는데, 지난번 봉사 때 내가 만들어 준 레모네이드를 얼마나 맛깔스럽게 마시던지. 꼭 아이 같았다니까! 항상 어른스럽고 진지한 얼굴만 보이던 부영 씨에게 그런 얼굴이 있을 줄이야…."

레모네이드 한 잔을 다 비운 윤정은 입맛을 다셨다.

"여기요, 한 잔 더 주세요."

웨이터를 부른 소영은 노랗게 상큼한 레모네이드를 다시 주문했다.

"너도 꿈 때문에 그리 골치를 앓더니…. 난 꼭 너 보는 것 같아 마음이 더 짠해."

윤정은 소영에게 웨이터가 주고 간 레모네이드를 건넸다.

"언니 보기도 그랬어? 나도 마찬가지야 그래서 마음이 쓰여 나처럼 못된 생각하는 건 아니겠지?"

소영은 윤정에게서 받은 걸 마시지 않고 창밖만 봤다. 소영은 아이들과 유학 온 첫 해 자신이 갈 학교를 알아보고 자신도 학교에 다녔었다. 처음에는 좋았다. 하지만 두 개를 같이 한다는 건 보통 일이 아니었고 남편에게 원조를 청했다가 당장 들어오라는 말을 들었었다. 남편도 한계에 받친 거였다.

그리고 이혼을 결심하고 아이들을 데리고 서울로 갔다. 그리고 아이들과 다시 미국으로 온 이후부터는 아이들 공부에만 매진했었다.

"소영이 너 그때 좀 불쌍했어! 그래서 우리는 더 친해졌지만 말이지. 너희 큰애 지금은 괜찮지? 공부도 잘하고."

윤정은 그 당시를 같이 떠올렸다.

"말도 마. 그때 가출하고 불량한 짓은 다하고 그때 두 달은 지금 생각해도 지옥이야."

소영도 진저리를 쳤다. 그사이 화장실에 다녀온 찬서는 아무 영문도 모르고 치를 떠는 소영의 얼굴을 봐야 했다. '또 뭔 일이야, 내 얘기는 아니겠지?' 소영은 화장실을 다녀오는 찬서를 보고 입을 닫았다.

그리고 윤정에게도 그만하라는 눈치를 주었다.

"찬서 씨도 어서 앉아. 주문은 우리가 마음대로 시켰어. 놀랐지! 윤정 언니는 내 대학 선배. 서로 안다고 들어서 그냥 말을 안 했네. 불편한 건 아닌지…."

소영의 설명에 좀 전의 궁금증이 풀렸고 찬서의 머릿속이 어지러웠다. '뭐야, 둘이 아는 사이였어. 엄청 친한 사인 것 같은데. 왜 난 몰랐지? 하여튼 앙큼한 부영, 그년이 자기만 알고 있었던 거야! 속에 뭐가 들었는지 알 수 없는 년 정말 재수 없어, 지금이라도 꺼진 게 다행이야!' 소영과 윤정의 눈치를 보던 찬서는 지금이 상황에 당혹해진 자신의 마음도 찬서 때문이라 여겼다.

"언니, 와인 마시고 싶어요."

찬서는 소영을 보며 웃었다.

"그래, 주문해. 영주도 고생 많았다. 그런데 친구가 그렇게 떠난 사람치곤 표정이 너무 밝다?"

환하게 웃는 찬서를 보며 기어이 한마디 한 소영은 막 나온 피자를 입에 물었다. 찬서의 속내가 너무 뻔해 편하고 얄미웠다. 윤정은 소영에게 눈치를 줬다. 그리고 소영은 다시 조용해졌고 저녁은 무사히 끝이 났다.

"언니 집에도 가얄 텐테 요즘 너무 소원했죠?"

레스토랑을 나온 소영은 윤정과 가볍게 허그했다. 윤정은 찬서에게 허그를 해주웠다.

"찬서씨, 소영이가 성질이 좀 그래. 동생 노릇 힘들죠? 지난번에 부영 씨랑 봉사 나온 적 있잖아요. 그런데 그다음부터는 안 오기에 바쁜가 했죠. 시간 되면 다음 주 화요일에 나올래요? 일손이 비니 힘드네."

찬서는 윤정의 다정한 말에 자신도 모르게 가겠다고 대답하고 말았다. 그리고 집으로 돌아가자마자 후회가 물밀듯이 밀려왔다.

'그 썩어 빠진 동네에 가서 무슨 봉변을 당하려고 부영이 이년은 왜 그런 데를 가서는…. 나는 그때 왜 따라가

선….'

찬서는 어떤 변명으로 가지 않고 윤정이랑 친해질 수 있을지 고민에 골머리가 깨어지고 있었다. 찬서의 속상함은 짜증을 부르고 짜증은 쇼핑을 불렀다. 영주, 영민과 다시 집을 나온 찬서는 웨벤쇼핑센터를 향했다.

#10
제주

가는 길

'가는구나!' 창밖으로 보이는 구름이 허허로웠다. 옆에서 잠든 아이들은 조용했다. 불 꺼진 비행기 안은 침울했다. '다시 돌아올 순 없겠지.' 비행기는 필요 이상으로 빨랐다. 시간을 거슬러 가는 다른 길이 있는 듯하다. 제주에 도착했다. 북적이는 사람들이 슬로비디오처럼 지나갔다.

어지럼증이 다시 도졌다.

"엄마, 엄마!"

"여보, 부영아!"

"아빠!"

"오느라 고생했어."

"엄마, 아빠!"

가족의 다정한 소음이었다.

부영은 속이 받쳤다. 메슥거렸다.

"부영아, 조금만 참아. 다 왔어."

제석은 한 손으로 이민가방 두 개를 잡고 한 손으로는 부영의 손을 잡았다. 준수와 준서는 부영의 한 손에 매달려 있었다. 1년 만에 차에 가족을 태운 제석은 너무 좋았다. 서류 정리만 하면 다 끝났다, 여겼다.

차는 시내로 곧장 들어갔다. 제주 같지 않은 아파트촌이 나왔다. 제석은 짐가방을 옮겼고 준서는 집으로 곧장 뛰어갔다. 부영은 눈을 감은 채 뒷좌석에 앉은 채였고 엄마의 손을 꼭 잡은 준수가 옆에 있었다.

집

'돌아온 걸까? 아니, 돌아가야지!' 종일 부영의 머릿속은 이것뿐이었다. 제석은 많이 달라진 듯 보였다. 아이들을 데리고 놀러도 가고 사진도 찍었다. 집에도 빨리 들어왔다. 새벽이 아닌 저녁에!

"밥은 좀 먹었어?"

제석은 부영이 걱정이었다. 종일 밥도 먹지 못하다가 갑자기 한기가 든다며 크림치즈 한 통을 다 먹고 그러다 배가 아파 힘들어하는 걸 반복하고 있었다.

아직 침대에서 일어나지 못하는 부영을 보고 식탁에 앉은 제석은 숨이 막히는지 넥타이를 풀어 제쳤다. 그리고 그릇 깨지는 소리가 났다. '우당탕탕!'

침대에 누운 부영은 이불을 뒤집어썼다. '또 시작이군.'

그렇게 시작된 시간은 제석의 분이 풀릴 시간쯤 끝이 났다. 언제나 그랬듯이….

혼자 가는 길

찌는 듯한 더위에 숨이 막혔다. 과한 복사열은 아스팔트를 녹여 내릴 것 같다. 풍성한 가로수의 녹음은 진하고 그늘진 그림자를 또렷하게 선명했다.

부영의 고무줄 끼워진 연두색 츄리닝 바지와 늘어진 보라색 티셔츠는 헌 옷 수거함에서 가져온 옷이었다. 밴쿠버로 갈 때 부영의 마음은 다시는 돌아오지 않는 거였다.

다시는 돌아오지 않겠다는 결심으로 가지고 있던 모든 옷가지와 신발을 그곳으로 가지고 갔었다. 그리고 꿈을 찾고 그 많은 신발과 옷가지를 버렸었다.

화려한 장식의 굽 높은 웨딩슈즈, 경조사 때 신었던 검은 비로드와 큐빅으로 장식된 하이힐, 세련된 샌들, 큰 박스에 가득 찼던 신발을 죄다 버리고 구석에 처박혀 있던 그 츄리닝 바지와 티셔츠를 찾아냈다. 그리고 이후 그림 작업할 때 가장 많이 입던 옷이 되었다.

꿈을 이루기 전까진 다시는 화려한 옷도 구두도 찾지 않겠다는 부영만의 결의였다.

평일 대낮 제주의 뜨거운 여름 동네 길은 한적하다 못해 아무도 보이지 않았다. 부영의 걸어가는 걸음은 차도를 향했다. 의지와는 상관없었지만 계속되는 걸음의 방향은 위태롭기만 했다.

걷는 시간이 길어지고 목마른 갈증에도 음료수 하나 사 마실 생각을 하지 못하는 부영은 시들어 갔다. 그리고 쓰러지기 직전 집으로 돌아온 부영은 샤인이 준 전화번호와 과제 그리고 제주에 올 때 챙겨 온 샤인에게 보내야 할 접수비를 꺼내었다. 전화를 걸었다.

"네, 샤인 클라스입니다."

샤인의 목소리가 들렸다. 심장이 멈출 것 같았다. 너무 좋았다.

"저, 부영이예요. 포트폴리오는 언제까지 보내면 될까

요?"

힘없는 목소리는 바짝 말라 있었다.

"지난번 말했을 때랑 같죠. 물론 빨리 보내주면 좋긴 하지만 언제든 보내줘요. 그런데 부영 씨는 괜찮은 거죠?"

"기다리지는 말아 주세요."

부영의 그 말은 샤인에게 마지막 힘을 내어 자신에게서 희망을 빼앗는 것처럼 들렸다.

"아니에요. 그런 말 말아요. 한국에서도 얼마든지 할 수 있어요. 그러니 포기만 말아요."

샤인은 두려웠다. 하지만 부영이 잘못되지 않기를 바랄 뿐 할 수 있는 게 없었다.

담판

아이들은 학교에, 학원에 바빴다. 다행이었다. 늦은 여름은 부영을 한가하게 했다.

출근한 제석이 점심때 집에 왔다. 다짜고짜 부영을 차에 태웠다. 제주의 아름다운 바다가 펼쳐진 한적한 곳에 차를 세웠다.

"그래, 말을 해봐. 다시 오기 전 그 말이 무슨 말인지 설명을 해봐야 하잖아? 매일 시체처럼 그리 지내지만 말고 나도 그 꼴은 그만 봐야 겠어. 내 곁에 있겠다고 온 거잖아? 왜 이러냐고 네 몰골을 봐 사람의 몰골인가. 뭐든 말을 좀 하라고!"

외진 바닷가에 차를 세운 제석은 하소연과 분통을 함께 터트리고 있었다. 좋은 목청은 차를 진동시켰고 주변 파도

소리를 이겨 먹고 있었다. 아무도 없어 보이는 곳이라 그나마 다행이었다.

제주에 시집온 부영은 주변이랑 어울리며 잘 지내고 싶었다. 하지만 제석의 그런 욱하는 성격 때문에 너무 놀라고 창피했던 부영은 신혼 시절부터 이웃을 피해 다녔었다. 뭔 일만 있으면 저렇게 목청을 키우고 그것으로도 성이 차지 않으면 뭐라도 깨부수는 나쁜 버릇 때문이었다.

"알았어, 제발 소리 좀 치지 말아 줘."

못 견디는 소란에 몸은 떨리고 있었지만, 이제는 말을 해야겠다고 생각했다. 이미 너무 많이 말하긴 했지만 말이다. '난 패션 공부를 하고 싶어 재능이 있데. 아니, 재능, 그것 때문은 아니야 내가 첨으로 미치게 좋아하는 게 그거라 난 그걸 하고 싶어! 꼭' 그러나 이 말을 입 밖으로 내보내지 못했다. 밴쿠버에서 전화로 수없이 한 이야기를 또다시 할 만큼의 부영에게는 남은 기운이 없었다.

"미안해."

제석은 부영의 사과에 기분은 풀렸다. 화났던 기운도 누그러졌다.

"그래, 잘 살 수 있어. 요즘 나 수입도 좋아지고 우리 준서도 얼마나 잘 자라는데. 준수도 잘 크고….”

기분이 좋아진 제석은 근처 레스토랑으로 부영을 데리고 갔다.

"뭐라도 좀 먹자. 너 마른 것 좀 봐. 오늘은 먹을 때까지 못 갈 줄 알아.”

엄포를 놓으며 연어 스테이크와 등심 스테이크를 주문했다.

"연어가 속이 편할 거야.”

연어 스테이크가 나오자, 부영 앞에 놓은 제석은 자신의 등심 스테이크를 잘라 부영 접시에 놓았다.

"이것도 먹어. 푹푹 먹어. 반이라도 먹기 전엔 일어나지 않을 거야.”

부영이 접시 반 이상을 비우자, 만족한 미소를 지었다.

"잘했네, 가자. 애들 오겠다.”

제석은 좋아진 기분에 취해 집으로 향했다. 사업하는 제석은 오후가 바빴다. 거의 매일 접대와 업무를 빙자한 술자리가 있었다. 부영이 오고 자제했지만, 레스토랑에 다녀오고 나서는 다시 시작되었다.

아이들은 이미 집에 와 있었다. 식탁에 놓아둔 간식을 먹으며 책을 보고 있었다. 아이들에게 애써 웃으며 안방으로 간 부영은 문을 잠갔다.

'우웩⋯.' 계속된 토역질은 한참 동안 지속되었다. 탈진한 상태로 기다시피 침대로 올라갔지만, 다시 머리가 깨어질 듯 구토를 하고 쓰러지듯 누웠다.

도저히 못 견딘 부영은 속옷까지 다 벗고 최대한 몸을 릴렉스 시켰고 올라오는 한기에 겨울 수면 잠옷을 입었다. 보일러를 켜고도 덜덜 떨었고 겨울 솜이불을 꺼냈다.

거실에서 놀던 아이들의 문 두드리는 소리가 들렸다. 억지로 몸을 일으킨 부영은 거실로 나갔다.

"엄마가 좀 피곤해서 그래. 오늘은 우리 준수가 준서랑 같이 저녁 먹고 그릇은 싱크대에 넣어줄래? 부탁해."

냉장고에 있는 음식을 꺼냈다. 준수의 걱정하는 눈빛이 미안해 온 힘을 다해 웃었다.

미리 만들어 놓은 샌드위치를 꺼내고 밥통에 있던 밥과 된장국을 그릇에 담았다. 다시 쓰러지듯 잠들었던 부영은 술에 취한 제석이 들어오는 소리에 잠에서 깨었다. 새벽이었다. 진한 알코올 냄새를 풍기는 제석은 기분이 좋은지 부영의 얼굴을 마구 문질러댔다.

"나 왔어. 잘난 우리 마누라."

술주정에 비틀거리다 부영 옆에 옷을 입은 채로 털썩 누워 바로 코를 골았다. 지독한 냄새가 났다. 다시 구역질이 올랐다.

도저히 버티지 못한 부영은 솜이불을 칭칭 감고 아직 정리하지 않은 짐으로 가득한 방으로 갔다. 냉골인 방에 솜이불을 둘둘 감고 누웠다. 하지만 이곳에서는 도리어 추위가 느껴지지 않았다. 이상했다.

달빛으로 가득한 방에서 스르륵 일어난 부영은 창을 열었다. 늦여름인데도 찬 냉기가 들어오고 있었다. 춥지 않았다. 북으로 난 창을 열고 맨바닥에 몸을 누운 부영은 마음이 편했다. '이대로 사라지고 싶다.'

부영은 이틀 만에 의식을 찾았다. 북으로 난 창을 열고 가져간 솜이불도 덮지 않고 베개처럼 베고 잠이 들었었다. 저체온 증상이 되었고 잠이 깬 재석이 발견하고 응급실로 이송한 상태였다. 제석은 미칠 것 같았다. 다 해결되었다 싶으면 또 이렇게 문제가 터지는 상황을 견딜 수가 없었

다. '죽으려 한 걸까? 아니, 그건 아닐 거야! 실수일 거야.'

부영은 깨고 나자 아쉬웠다. 그렇게 고요히 갔다면 그 또한 행운이라 여겼을 거라는 마음이 들었다. 마지막 희망을 이미 웨스트 밴쿠버에서의 마지막 밤에 놓아버린 부영은 갈수록 껍데기만 남았다. 아무도 손을 잡아주지 않은 지금은 아무것도 할 수 없었다.

제주에서 실컷 하라는 제석의 말은 아무 힘도 되지 못했다. 제주에선 뭐든 맘대로 하라고 다 허락하겠다고 한 제석의 말은 더 고통이었다. 제주에서만! 이라는 전제 조건은 끔찍한 말장난이었다.

이미 뉴욕 패션 스쿨에 눈이 맞춰진 부영에게 밴쿠버 패션스쿨조차도 성에 차지 않았었다. 제주는 부영에게는 아니었다. 영원히 제석은 부영을 이해하지 않았다.

어릴 적 병약했던 부영은 남들과 다른 성장을 했었다. 초등학교 때는 류머티즘라는 이유로 1년을 꼬박 앉은뱅이처럼 생활하기도 했고 중학교 때는 1년을 이비인후과에서 비염 치료를 매일처럼 받기도 했다. 그때마다 다른 아이들은 버티지 못할 만큼의 고통을 다 참아 내었다.

170

외가댁에 가서는 그네에 눈이 찔려 실명할 뻔하기도 했다. 그럴 때마다 어머니는 가슴을 쥐어짜며 힘들어 했고 그걸 보던 부영은 죽지 않는 것만이 부모님께 할 수 있는 최선이라 여겼다 그 외에는 다 욕심이라는 생각이 어느 틈엔가 부영의 생각을 지배하고 있었다.

이 세상은 자신의 세상이 아니라고도 여겼다. 그래서 언니 동생 부모님이 시키는 걸 하고 그들을 위해 살았다. 그러면서도 만일 나에게도 기회가 온다면 그땐 꼭 그걸 잡으리라는 마지막 희망 하나만 품고 살았었다.

그래도 환한 부영은 행복했고 별 불만이 없었다. 그런 부영이 먼 나라 낯선 곳에서 찾은 기적 앞에 그들은 등을 돌렸었다. 어머니는 외면했고 언니는 책임을 논하며 손을 거두었고 동생들에게는 부영 스스로 차마 말도 꺼내지도 못했다. 남편은 자신의 계획만 말하고 전혀 설득력 없는 제안만 할 뿐이었다.

아이들이 소중했고 가정이 중요했고 친정이 그리운 부영은 그들에게 필요하기만 했었다.

'할 수 없어. 갈 수 없으니. 그림이 그려지지 않아' 부영은 다시 살아났지만 더 죽어가고 있었다. 일주일이 흘렀다. 퇴원하고 다시 일상을 살았다.

그런 와중에도 아이들을 하루도 봐줄 사람이 없었다. 시댁도 친정도 부영에겐 친절하지 않았다. 잠시라도 양육에서 벗어날 수 없는 현실은 변하지 않았다. 나만이 이렇게 살아야 한다는 생각에 억울함이 부영의 명치를 치받쳤다. 반항심이 미칠 듯이 솟구치며 뱃속이 뒤틀렸다. 부영은 다시 응급실로 실려 갔고 제석은 또 절망했다.

제석의 마음

 부영을 안방에 눕히고 아이들을 재웠다. 마루에 혼자 남은 제석은 불을 켜지 않았다. 식탁에서 소주에 김치를 곁들었다. 냉장고에는 부영이 만들어 좋은 멸치조림이 있었으나 그걸 차마 꺼낼 수 없었다.

 보증과 이혼 그리고 혼자의 시간. 제석에게도 너무 힘든 시간이었다. 하지만 아무리 봐도 모든 게 자기 탓이었다. 그래서 미친 듯이 일했다. 보증을 해결하기 위해 백방으로 손을 썼고 돈을 벌었다. 그래서였을까 1년 만에 제석은 큰돈을 만들었고 보증 문제도 부영이 신경 쓰지 않아도 될 만큼은 해결했다 자부했다.

 이제 다시 부영과 혼인 신고하고 잘 사는 것만 남았다

여겼는데 부영이 다른 생각을 한 거였다. 꿈이라니 그것 때문에 돌아오지 않겠다니 그런 건 상상할 수도 없는 일이었다. 제주에서 하라고 허락까지 했다. 장인과 장모도 자신의 편이었다. 그런데 고집이라곤 전혀 부리지 않던 부영이 고집을 부렸다. 자기 몸을 학대하고 있었다. 도저히 이해할 수 없었다.

부영과의 연애 시절이 떠올랐다. 말 없고 잘 따르는 부영이었다. 돈이 없어 붕어빵 하나로 데이트를 해도 삼류 영화관에서 영화를 봐도 싸구려 대패 삼겹살이나 치킨 한 마리에 소주 하나 가지고도 얼마든지 좋아라 하는 부영이었다.

제석은 그게 좋았다. 제주 여자가 아닌 육지 미인이랑 결혼하는 게 평생의 꿈이었던 제석이었다. 제주 가난한 집 막내였던 그는 나이 차이 많은 형들과 지낼 시간은 거의 없었고 억센 누나 등쌀에 시달려야 했다. 하다하다 생리대 심부름까지 했고 그러다 친구들의 놀림감이 될 때면 분을 못 이기고 싸움박질을 하기 일쑤였다.

형은 제석 눈에는 바람둥이였다. 여자 친구를 집으로 데려와 자기도 했었다. 부모님이 집에 계시든 말든 이었다. 부모님도 아무런 꾸중도 하지 않았었다. 어린 제석의 눈에는 제주 여자는 억세고 정조 없는 상종 못 할 존재로 각인되어 갔다.

부영은 달랐다. 첫인상도 단정했고 아무에게나 웃어 주지도 않았다. 더구나 하얀 얼굴에 너무 예뻤다. 제석의 눈에는 최고의 미인이었고 그 모습에 반하고 말았다. 사는 집 딸이었고 형편이 너무 차이 나는 부영을 그래도 가지고 싶었다. 그래서 무작정 따라다녔고 부영이 사는 아파트에도 쳐들어갔다.

그런 시간이 길어지고 부영도 마음을 열었고 어려울 것만 같았던 장모님도 무릎 꿇고 자신의 마음을 전하자, 허락했고 장인어른도 결국 결혼을 허락하였다. 그리고 일사천리로 일은 진행되었다.

형제들의 살림도 고만고만하였고 제석 역시 벌어 놓은 돈은 없었지만 호기 하나로 결혼식을 밀어붙였다. 당시 가장 방이 싼 해운대에서 신혼집을 찾아보았다. 그러다 제석은 아무도 없는 객지에서 처가 눈치 보며 구차하게 사느니 제주로 가기로 했다. 자신을 알아줄 것만 같은 고향에서 활개 치고 살아보겠다는 생각이었다. 다행히 처가도 부영도 반대하지 않았다. 부영 몰래 장인에게 돈을 꾸어 개천가에 방 두 칸 집도 구하면서 그럴듯한 신혼을 시작했다. 급하게 구하긴 했지만, 직장도 얻었고 정말 이제 시작이다 싶었었다.

결혼한 첫 여름 지독한 태풍의 여파로 개천 옆에 있는 집에까지 물난리가 나면서 집이 물에 잠기는 사태가 나기 전까지는 말이다. 그리고 시작된 울분은 부영을 힘들게 하긴 했었다. 하지만 열심히 살았고 부영이 알뜰한 덕이기도 했지만 혼자 벌어 이만큼 왔다. 1년이지만 아이들 유학도 시켰고 누가 뭐래도 자랑스러웠다.

제석은 이런 자신을 알아봐 주지 않는 부영이 원망스러웠다. 하지만 부영이 바라는 대로 놔주고 싶은 생각은 전혀 없었다. 죽어도 내 옆에서 죽어야만 한다는 생각에는 변함이 없었다. 1년의 헤어짐만으로도 충분했다. 사랑하니까…. 내꺼니까…. 제석에게 이혼은 없었다.

울분에 지난 일을 회상하던 사이 해가 떴다. 아직 여름의 끝자락은 후텁지근했다. 돈이 무서운 제석은 아직도 에 어컨은커녕 선풍기 하나로 버티고 있었다. 창을 모조리 열었다.

그리고 하지 않던 청소를 시작했다. 결혼하고 한 번도 잡지 않은 걸레를 집어 들어 곳곳을 닦았다. 그사이 아이들이 일어났고 아이들과 계란프라이를 해서 밥을 먹었다. 아이들을 보내고 안방으로 갔다. 부영은 자고 있었다.

제석은 혼자 시장을 보러 갔다. 동네 슈퍼에 간 것이지만 혼자 이러고 온 기억이 없었다. 부영과 함께 간 적은 있어 그 기억으로 필요한 것을 장바구니에 담았다. 집에 돌아왔을 때 부영은 깨어 있었다. 산송장이 따로 없었다. 알던 부영이 아닌 것 같았다. 뽀송하고 하얀 부영을 다시 찾고 싶었다. 제석은 밥을 하고 찌개를 끓였다. 비싼 소고기도 구웠다.

자신이 먹어봐도 맛은 없었지만, 이런 것도 해줬으니 부영은 분명 감동하고 기운을 차려 다시 옛날로 돌아올 거라 확신했다. 다행히 부영은 맛있게 먹어 주었다. 그사이 아이들이 왔다. 부영에게 혼자만의 시간이 필요하다고 여겼다.

"아이들 밥 먹이고 올게."

제석은 잘해야겠다는 마음에 선심을 쓰고 있었다. 아이들과 근처 갈빗집을 향했다. 식사 시간이 지나 터라 가게 안은 한가했다. 양념 갈비와 소주를 시켰다.

이곳에서 소주를 시키지 않은 적은 단 한 번도 없었다. 아이들이 먹을 갈비를 굽고 아이들이 밥을 먹는 걸 지켜보며 소주잔에 소주를 따랐다.

부영이 따라주던 첫잔이 생각났다. 부영이 따라주는 첫잔은 항상 '또로록.' 하는 청아한 소리가 났다. 다른 사람이 따라줄 때도 자신이 따를 때도 듣지 못하는 소리였다. 부영만이 내는 소리 같았다. 부영 생각에 제석은 술 마시고 싶은 마음이 사라졌다. 아이들과 밥을 먹었다. 술을 마시기 시작한 후부터 고깃집에 이러고 식사만 한 적도 처음이었다.

제석은 배가 불러 기분이 좋아진 아이들과 만화방에 갔다. 혼자인 시간 동안 단골이 되었던 곳이었다. 그리고 얼마 후 전화를 받았다.

부영의 시간

 제석이 혼자 아이들을 데리고 나간 적은 처음이다. 노력하고 있는 게 보였다. 부영은 아이들과 나가는 제석의 뒷모습이 안쓰러웠다. 그냥 같은 제주 여자랑 결혼해서 살지 왜 먼 곳 여자를 기어이 데려와서 고생하는지 안타까웠다.

 결혼 전의 제석은 한결같아 좋았다. 없는 것은 크게 문제가 되지 않는다고 생각했다. 결혼하면 당연히 직장을 다니지 않는다, 생각했던 부영은 남편을 고향이라 여기며 순종하는 삶을 사는 게 결혼인 줄 알았다. 그래서 제주 간다고 할 때도 별 거부감이 없었다. 어디든 결혼하기로 했으면 따라야 한다고만 생각했다.

 신혼집이 물난리에 잠기고 짐을 옮기고 물에 빠져 흙투성이가 된 집을 치우고 구호용품으로 받은 담요와 라면을 받아 들 때도 불행하다 여기지 않았다. 헤쳐 나갈 시련일 뿐이라 여겼다. 제석에 대한 믿음도 그대로였다. 그리고 임신이 된 걸 알고 실업자가 된 제석이 어초 만드는 노가다판에 뛰어들 때도 창피하다고 여기기보단 자랑스러웠다.

아니었다. 결혼 후의 제석은 쉽게 흔들렸고, 이기지 못하고 술에 의지했다. 힘든 인생을 살아서 어려움에 강할 줄만 알았던 제석은 휘청거렸고 그 화를 부영에게 풀었다. 그러면서도 일자리를 찾고 돈을 벌었지만, 그전과는 달랐다. 일하는 고단함을 부영에게 풀었고 첫 아이 준수에게 풀었다. 둘째 아이가 태어날 때까지 그런 생활은 계속되었다. 그사이 부영은 퉁퉁 부은 아줌마가 되어갔고 제석은 더 함부로 부영을 대했다.

준서가 태어나고 부영은 자신의 푹 퍼진 모습을 보고 눈물짓던 친정아버지를 떠올리며 살을 뺐고 다시 결혼 전으로 돌아왔다. 제석의 벌이도 나아지며 제석은 좋은 아빠이기도 했다. 하지만 남편으로는 계속 최악이었다. 함부로 욕지거리 해댔고 술 먹고 행패를 부렸다. 준서에게만은 다정했지만 준수에게는 여전했다.

제석에게 그러지 말라고 했고 그럴 때면 부부싸움이 커졌다. 그래도 이혼은 엄두를 못 내었다. 아이들을 데리고 어디로든 도망을 가고 싶었다. 그래서 한 기도가 한참이었다. 제주에서도 부영의 새벽은 기도의 시간이었다. 그러던 중 보증 사건이 일어났고 밴쿠버까지 가게 된 거였다.

텅 빈 집에서 지난 생각에 빠져 자신을 텅 비우던 부영은 또 커피를 마셨다. 다행히 좀 전 먹은 밥이 탈이 나지 않아 오랜만에 편하게 마시는 커피였다. 제주에 오고 나서는 계속 속이 뒤틀리면서 커피를 마실 수가 없었다.

오랜만에 밴쿠버 헌 옷 통에서 주워 온 츄리닝 바지와 티를 입었다. 이걸 입으면 마음이 편했다. 모자를 눌러쓰고 밖으로 나갔다. 작열하는 태양은 아직도 떡하니 버티고 있었다. 제주의 여름은 뜨겁고 길었다. 오늘따라 동네가 커 보였다. 다니는 사람도 없었다, 꿈에서 혼자인 것 같았다.

한참을 걸었다. 땀이 흐르고 있었지만, 부영은 더위를 못 느끼고 있었다. 단지 눈부신 태양에 눈을 제대로 뜨지 못하고 있을 뿐이었다. 지쳐갈 때쯤 발걸음은 또다시 차도로 향하고 있었다. 의지가 아니었다. 항상 그랬듯이 텅 빈 도로라 다행이었다.

부영이 도로 중간에 다다를 때였다. 더 가면 도로 중간의 화단에 다다를 만큼 인도와 멀어졌다. 반대 차선에서 덤프트럭이 달려왔다. 그것 말고는 그쪽도 텅 빈 도로였다. 눈부신 햇살만 있었다. 어디에도 사람이라고는 부영밖에 없었다.

고래고래 소리치며 노래를 불러도 아무도 신경 쓸 사람이 없는 그런 거리에서 빵빵 울리는 클락션 소리가 들렸다. 부영도 소리를 들었다. 그리고 모자를 들었다. 산만 한 트럭이 보였으나 보이지 않는 듯 가만히 서서 트럭을 보기만 했다. 덤프트럭의 운전자도 부영이 보였으나 보이지 않았는지 속도를 줄이지 않았다.

눈부신 햇살에 눈이 멀었나 싶게 전혀 부영을 의식하지 않았다. 그리고 신호가 노란 불이 되었다. 트럭은 멈춤 신호로 바뀌기 전에 속도를 올렸다.

부영은 도로 오른쪽으로 돌아 집으로 향해야 하는데 왼쪽으로 나 있는 차도로 걷고 있었고 덤프트럭은 급좌회전하고 있었다. 신호가 바뀌기 전에 지나가기 위해 과속을 하고 있었다. 그리고….

짐을 가득 싫은 덤프트럭은 균형을 잃었다. 부영 쪽으로 쓰려졌다. 천천히 웅장하게!

아무도 보는 이가 없는데도 꽤 드라마틱한 순간은 길었다. 슬로비디오로, 부영의 느낌이었다. 부영의 눈앞이 하얗게 변했다.

몸이 가벼웠다. 자유로웠다. 생각했다. 이대로라면 갈 수 있겠어! 부영은 가고 있었다. 꿈꾸던 그곳으로 가고 있었다. 다른 건 아무것도 생각이 나지 않았다. 제주로 오기 전 웨밴에서 본 밤바다 위의 별이 생각났다. 그리고 그게 자신이라는 걸 알아챘다.

epilogue

제석은 만화를 잔뜩 가져왔다. 아이들 옆에서 만화책을
보니 아이들이 제주로 돌아왔다는 실감이 나서 좋았다. 밥
을 배불리 먹긴 했지만 그래도 이곳의 간식은 먹여야지
싶었다. 제석은 라면과 쥐포를 시키고 앉았다. 라면과 쥐
포가 배달되고 좋아하는 쥐포를 입에 넣고 질겅질겅 씹었
다.

아이들은 라면을 호호 불며 먹었다. '이게 행복이지! 아
암, 부영이도 빨리 정신 차려야 할 텐데….' 전화가 울렸
다. 부영 전화였다. 제석의 입가에 미소가 지어졌다.

"전화기에 남편이라고 저장되어 있는데 맞으신가요? 서
부영 씨 남편 맞으시죠?"

제석은 무슨 말인지 알아들을 수 없었다.

"당신 누구야?"

부영의 전화에서 남자 소리가 나는 것만으로도 제석은
화를 참을 수 없었다. 자리에서 벌떡 일어나 소리를 질렀
다. 아이들은 놀라 얼어붙었고 만화방 주인은 다른 손님

184

눈치를 봤다.

"누군데 내 마누라 폰으로 전화를 걸어? 네놈 누구야?"

주인은 달려와 제석을 진정시키려 했지만 제석의 뿌리치는 손에 나가 떨어졌다.

"119예요. 제발 진정하세요! 서부영 씨 사망하셨습니다. 한수병원 영안실로 빨리 와주세요."

전화는 끊어졌고 제석은 소리치기 시작했다.

"뭔 헛소리야 부영이 왜 죽어! 내가 고기도 구워줬는데…."

제석은 흥분했고 아이들은 울기 시작했다.

"엄마 죽었어…."

준서는 울고 준수는 동생을 안고 울었다. 제석은 아이들을 두고 혼자 뛰쳐나갔다.

차를 몰 생각도 못 하고 냅다 뛰었다. 숨이 턱까지 차오르게 뛰자, 한수병원이 보였다. 번개처럼 영안실로 뛰어들었다. 제석은 이성을 완전히 잃어버렸다.

"부영아! 부영아…."

사람들은 제석의 광분을 막아섰다. 결국 주저앉은 제석은 사람들에게 끌려가다시피 부영을 만났다. 온몸이 다 찢긴 몰골의 부영이었다. 제석은 숨을 실수가 없었다. 목이 막혀 소리도 나오지 않았다. 헐떡이다 주저앉았다.

반쯤 떨어져 나간 부영의 팔이 제석 앞에서 대롱거렸다. 제석은 다시 비명 같은 고함을 지르고 사람들은 제석을 부영에게서 떼어 놓았다. 부영에게서 떨어지지 않으려던 제석은 대롱거리던 부영의 팔을 잡았고 제석은 끊어진 부영의 팔이 같이 내동댕이쳐졌다.

제석은 팔을 안아 미친 듯이 통곡하기 시작했다. 부영의 피가 제석의 얼굴과 몸에 범벅이 되었다. 사람들은 떨어져 나간 부영의 팔을 제석에게서 빼내려 했지만, 제석의 힘을 당할 수가 없었다.

만화방 주인아저씨가 준수와 준서를 데리고 한수병원으로 왔다. 아들들이 왔다는 소리에 그제야 제석은 부영의 팔을 고이 제자리에 두고 일어났다.

아이들은 엄마를 보지 못했다. 너무 흉한 몰골이라 아이들을 위해 엄마를 보여 줄 수 없다는 판단이었다. 장례는 치러졌고 시댁 식구들이 왔고 부영을 아는 이들과 제석의 친구와 지인들이 왔다. 친정 식구들이 왔고 부영의 친구들이 찾았다.

아이들은 알지 못하는 슬픔에 울다 지쳤다. 제석은 혼이 나간 사람 같았다. 부영의 평소 말대로 화장을 진행하였고 제석이 가지고 갔다. 따로 장지를 마련하지 않았다. 안방에 함을 놓았다.

그렇게 석 달이 흘렀다. 겨울이 오고 있었다. 술을 끊은 제석은 일만했다. 아이들은 엄마 이야기를 꺼내지 않았지만, 제석은 함을 침대 옆에 두고 부영인 듯 이야기를 했다.

"나, 다녀올게. 쉬고 있어."

"오늘 김 사장이 말이야…."

"잘 자라. 나도 오늘은 빨리 잘란다."

해가 바뀌었다. 새해 첫날 부영이 담긴 함과 일출을 보러 차를 몰았다.

"올해는 일출 볼만 하네. 다행이다."

그리고 제석은 한라산으로 길을 잡았다. 등산복을 입은 그는 등산 가방에 함을 집어넣었다. 다행히 입산이 금지되지 않았다고 했고 날씨가 좋았다.

산 정상으로 갈수록 더 많은 눈이 보였지만 많지 않았고 반짝이는 게 아름다웠다. 일출을 위해 한라산을 올랐던 사람들이 내려오고 있었다. 힘듦이 꽉 찰 때쯤 제석은 한라산 정상에 올랐다.

아름다운 백록담이 신비로움을 뿜내고 있었다. 제석은 사람들이 없는 쪽으로 움직였다. 대부분은 이미 하산한 터라 몇 명 있지는 않았다.

정상 뒤편으로 간 제석은 자리를 잡고 앉아 가방을 열었다. 조심스럽게 함을 꺼내고 뚜껑을 열었다. 다시 한 번 더 주변을 둘러보고는 사람이 없는 것을 확인하고는 화장한 부영을 뿌렸다. 한 번 두 번 부영을 뿌리는 손이 반복되었다. 하얀 눈밭에 뿌려지는 하얀 부영은 눈이 되었다. 바람을 탄 부영은 소원대로 훨훨 날고 있었다.

"제석 씨, 난 죽으면 한라산에 뿌려지고 싶어."

신혼 시절 한라산에 가기로 약속한 날 비가 와서 가지 못한 부영은 그리 말했었다.

"왜, 하필이면? 나 힘든데."

부영의 말을 농담처럼 받는 제석에게 부영은 다시 말했었다.

"여기서 살아야 한다면 죽어서는 제주에서 제일 높은 데서 날고 싶어. 그렇게 제주를 돌고 부산도 가고 서울도 가고 세상을 돌아다니는 바람이 되고 싶어."

제석은 부영의 소원을 이뤄주고 싶었다. 부영을 다 보내고 제석도 함께 가고 싶었다. 같이 바람이 되어 부영과 함께 날고 싶었다. 하지만 준수와 준서에게 깃든 부영을 지켜야만 했다.

부영을 옆에 두었던 석 달 동안 제석을 그 사실을 깨달아 갔었다. 준수의 눈, 준서의 입술은 부영이었다. 좀 더 빨리 알았다면 하는 후회가 일었다.

집에 도착하자 이미 밤이었다. 문을 열자, 준서가 달려나와 안겼다. 준수는 멀찌감치 서 있었다. 이젠 그것도 보였다.

"준수야 너도 이리 와. 아빠, 엄마 보내고 왔어. 엄마는 이제 바람이 되었어!"

준수가 제석의 품에 안겼다. 곧 준수의 흐느낌이 느껴졌고 준서도 울기 시작했다. 아이들을 감싸 안은 제석의 팔에 힘이 차올랐다.

"엄마는 바람이니까 언제나 우리에게 올 거야. 제주에는 바람이 많잖아!"

어둠이 가득한 밤하늘에 바람이 일고 있었다. 준서는 바람이 분다며 거실 창가로 뛰어갔고 준수는 아빠 손을 꼭 잡았다. 제석은 준수를 꼭 안았다.

꿈

부유하는 꽃봉오리 부영

ⓒ2024 김소희

초판인쇄 _ 2024년 11월 19일

초판발행 _ 2024년 11월 25일

지은이 _ 김소희

발행인 _ 홍순창

발행처 _ 토담미디어

서울 종로구 돈화문로 94, 302호(와룡동, 동원빌딩)

전화 02-2271-3335

팩스 0505-365-7845

홈페이지 www.todammedia.com

ISBN 979-11-6249-158-4 *03810

이 책은 제주특별자치도와 제주문화예술재단의 2024년
제주문화예술재단 지원사업 후원을 받아 발간되었습니다.

그ej느 JFAC 제주문화예술재단
Jeju Foundation for Arts & Culture